LOVECRAFT

A BUSCA POR KADATH

E OUTROS CONTOS DE ARREPIAR

Título original: *The Dream Quest of Unknown Kadath*
copyright © Editora Lafonte Ltda. 2022

Todos os direitos reservados.
Nenhuma parte deste livro pode ser reproduzida por quaisquer
meios existentes sem autorização por escrito dos editores.

Direção Editorial *Ethel Santaella*

REALIZAÇÃO

GrandeUrsa Comunicação

Direção *Denise Gianoglio*
Tradução *Otavio Albano*
Revisão *Luciana Maria Sanches*
Capa, Projeto Gráfico e Diagramação *Idée Arte e Comunicação*

Dados Internacionais de Catalogação na Publicação (CIP)
(Câmara Brasileira do Livro, SP, Brasil)

```
Lovecraft, H. P., 1890-1937
   A busca por Kadath : e outros contos de arrepiar /
H. P. Lovecraft ; tradução Otavio Albano. --
São Paulo, SP : Lafonte, 2022.

   Título original: the dream quest of unknown
Kadath.
   ISBN 978-65-5870-306-8

   1. Ficção norte-americana I. Título.

22-131951                                    CDD-813
```

Índices para catálogo sistemático:

1. Ficção : Literatura norte-americana   813

Inajara Pires de Souza - Bibliotecária - CRB PR-001652/O

Editora Lafonte

Av. Profª Ida Kolb, 551, Casa Verde, CEP 02518-000, São Paulo-SP, Brasil – Tel.: (+55) 11 3855-2100
Atendimento ao leitor (+55) 11 3855-2216 / 11 3855-2213 – atendimento@editoralafonte.com.br
Venda de livros avulsos (+55) 11 3855-2216 – vendas@editoralafonte.com.br
Venda de livros no atacado (+55) 11 3855-2275 – atacado@escala.com.br

A BUSCA POR KADATH

E OUTROS CONTOS DE ARREPIAR

Tradução
Otavio Albano

Brasil, 2022

Lafonte

I	A BUSCA POR KADATH	6
II	A FERA NA CAVERNA	138
III	ALÉM DAS MURALHAS DO SONO	146
IV	A ÁRVORE	160
V	UMA REMINISCÊNCIA DO DR. SAMUEL JOHNSON	168

A BUSCA POR KADATH

*P*or três vezes, Randolph Carter sonhou com a cidade maravilhosa e, por três vezes, foi arrebatado de volta enquanto se detinha no alto do terraço que se erguia diante dela. Dourada e encantadora, a cidade resplandecia ao pôr do sol, com muros, templos, colunatas e pontes em arco esculpidas em mármore, fontes com bacias de prata que arremessavam jatos d'água em prisma sobre vastas praças e perfumados jardins, ruas largas que serpenteavam por entre árvores delicadas, vasos repletos de flores e estátuas de marfim dispostas em fileiras reluzentes. Ao mesmo tempo, nas íngremes encostas rumo norte, empilhavam-se camadas de antigos espigões escarlate, abrigando pequenas alamedas de paralelepípedos tomados pela grama. Era uma febre dos deuses, uma fanfarra de trompetes sobrenaturais e um estrondo de címbalos imortais. O mistério pairava sobre a cidade como as nuvens sobre uma montanha inexplorada e, ainda ansioso e segurando a respiração junto ao gradil do parapeito, Carter se viu atingido pela angústia e pelo suspense da lembrança quase apagada, pela dor da perda e enlouquecedora necessidade de mais uma vez se deparar com o que já havia sido um lugar impressionante e memorável.

Sabia que, para ele, seu significado haveria de ter sido incontestável, embora não soubesse dizer em que ciclo ou encarnação a conhecera, nem sequer se sonhando ou acordado. Vagamente lhe evocava vislumbres de uma primeira juventude há muito esquecida, em que a fascinação e o prazer recobriam tudo com o mistério dos dias, e tanto a aurora como o crepúsculo avançavam de maneira profética, ao som de alaúdes e canções, descerrando incandescentes portões que davam acesso a maravilhas ainda mais surpreendentes. No entanto, todas as noites, sempre que chegava ao elevado terraço de mármore, com seus curiosos vasos e grades entalhadas, e observava ao pôr do sol a emudecida e deslumbrante cidade, dotada de uma qualidade extraterrena, Carter sentia os grilhões dos tirânicos deuses dos sonhos; pois não conseguia de modo nenhum abandonar aquela posição altiva, nem descer os amplos e marmóreos lances de escada que se dirigiam infinitamente até o local onde as provocantes ruas de feitiçarias ancestrais se desdobravam.

Quando, pela terceira vez, ele despertou do alto dos lances marmóreos e com as emudecidas ruas ao pôr do sol ainda inexploradas, rezou longa e pacientemente aos deuses ocultos dos sonhos que, voluntariosos, abrigam-se acima das nuvens na desconhecida Kadath, em meio à fria desolação de que nenhum homem se aproxima. Porém, os deuses não responderam, não demostraram compaixão, tampouco deram qualquer sinal favorável quando Carter rezou em seus sonhos, invocando-os por meio de sacrifícios com a ajuda dos sacerdotes barbados Nasht e Kaman-Thah, cujo templo cavernoso, sustentado por um pilar de fogo, localiza-se próximo aos portões do mundo desperto. Pareceu-lhe, no entanto, que suas orações causaram efeitos adversos, pois, logo depois da primeira delas, Carter cessou por completo de enxergar a cidade maravilhosa, como se as três vezes em que a vira ao longe tivessem sido meros acidentes ou descuidos, contrários a algum plano oculto ou desígnio dos deuses.

Por fim, farto de cobiçar aquelas reluzentes ruas ao pôr do sol e enigmáticas estradas que cortavam as colinas por entre os antigos telhados, e incapaz de afastá-las da mente seja dormindo ou acordado, Carter resolveu ousar ir aonde homem nenhum jamais havia estado e desafiar os gélidos desertos em plena escuridão, onde a desconhecida Kadath — envolta por nuvens e coroada por estrelas inimaginadas — abriga, misteriosa e notívaga, o castelo de ônix dos Grandes Deuses.

Levemente adormecido, ele desceu os setenta degraus rumo à caverna de fogo e falou sobre seus planos com os sacerdotes barbados Nasht e Kaman-Thah. E os sacerdotes balançaram a cabeça coberta por *pschent*[1] e afirmaram que aquilo seria a morte da alma dele. Apontaram que os Grandes Deuses já haviam manifestado seus desejos, e que não gostariam de ser perturbados com insistentes súplicas. Relembraram-lhe, também, de que não apenas ninguém jamais havia estado em Kadath, como nem um homem sequer suspeitava em que parte do espaço poderia estar localizada — se nas terras oníricas ao redor do nosso mundo ou naquelas que circundam uma imprevisível companheira das estrelas Fomalhaut ou Aldebarã. Se estivesse em nossas terras oníricas, talvez fosse possível encontrá-la, mas, desde os primórdios do tempo, apenas três almas humanas haviam atravessado — e retornado — os impiedosos abismos negros em direção a outras terras oníricas, e duas haviam voltado com certa insanidade mental. Nessas viagens sempre existiam incalculáveis perigos locais, assim como o risco mortal que sussurra coisas inomináveis para além do universo ordenado; onde nenhum sonho alcança — o último flagelo disforme da mais baixa confusão que blasfema e borbulha no centro de todo o infinito — o absoluto demônio sultão Azathoth, cujo nome nenhum lábio se atreve a pronunciar em voz alta, e que remói insaciável em câmaras escuras inimagináveis e atemporais, em meio ao ritmo abafado e enlouquecedor de tambores vis e ao gemido estridente e monótono de flautas amaldiçoadas; ritmo abominável ao qual dançam, lenta, desajeitada e absurdamente, os gigantescos Deuses

---

[1] Coroa dupla usada pelos governantes do Antigo Egito. (N. do T.)

Supremos: os Outros Deuses, cegos, mudos, tenebrosos e irracionais, cujo espírito e mensageiro é o caos rastejante Nyarlathotep.

Carter foi alertado sobre essas coisas pelos sacerdotes Nasht e Kaman-Thah na caverna de fogo, mas, ainda assim, resolveu encontrar os deuses na desconhecida Kadath, em meio à desolação gelada, onde quer que ela ficasse, para deles restaurar a visão, lembrança e proteção daquela maravilhosa cidade ao pôr do sol. Sabia que sua viagem seria longa e estranha, e que os Grandes Deuses se oporiam a ela; porém, já acostumado às terras oníricas, dispunha de inúmeras memórias e artimanhas úteis para ajudá-lo. Assim, depois de pedir uma bênção formal aos sacerdotes, desceu bravamente os setecentos degraus até o Portal do Torpor Profundo e continuou através do Bosque Encantado.

Nos túneis desse bosque perverso, cujos baixos e prodigiosos carvalhos enredam os galhos e cintilam com a fosforescência de estranhos fungos, habitam os furtivos e misteriosos zoogs, que conhecem inúmeros segredos obscuros das terras oníricas e do mundo desperto, já que o bosque tange as terras dos homens em dois pontos, embora fosse desastroso revelar onde. Certos rumores, eventos e desaparecimentos inexplicáveis ocorrem entre os homens nos locais a que os zoogs têm acesso, e é bom que eles não possam se afastar muito do mundo onírico. Entretanto, os zoogs — pequenos, marrons e imperceptíveis — cruzam livremente as regiões mais próximas do mundo onírico, perambulando e trazendo de volta deliciosos relatos, que ajudam a passar o tempo ao redor das fogueiras no bosque que tanto amam. A maioria deles vive em tocas, mas alguns habitam os troncos de grandes árvores; e, embora tenham uma alimentação composta principalmente de fungos, há rumores de que também cheguem a gostar de carne, seja física ou espiritual, pois muitos sonhadores que adentraram o bosque nunca mais saíram. Carter, no entanto, nada temia; era um velho sonhador e havia aprendido a linguagem sibilante dos zoogs e feito inúmeros acordos com eles, tendo encontrado, graças à sua ajuda, a esplêndida cidade de Celephais, em Ooth-Nargai, além das Colinas Tanarianas, governada durante a metade do ano pelo rei Kuranes, um homem que Carter conhecera por outro nome em vida. Kuranes era a única alma que havia visitado os abismos estelares e retornado a salvo da loucura.

Enquanto passava pelos baixos corredores fosforescentes por entre seus troncos gigantes, Carter emitia sons sibilantes, à maneira dos zoogs, parando de tempos em tempos, à espera de uma resposta. Lembrou-se de um vilarejo das criaturas em particular, próximo ao centro do bosque, onde um círculo de grandes pedras cobertas de musgo, no que outrora fora uma clareira, insinuava habitantes mais antigos e mais terríveis, há muito esquecidos, e se apressou naquela direção. Orientou-se através dos grotescos fungos, que sempre parecem mais bem alimentados à medida que se aproximam do círculo onde os seres ancestrais dançavam e faziam sacrifícios. Por fim, o brilho intenso desses fungos mais encorpados revelou uma sinistra vastidão verde e acinzentada, elevando-se acima das copas das árvores e perdendo-se de vista. Esse era o círculo de pedras mais próximo, e Carter sabia que estava perto do vilarejo zoog. Depois de repetir mais uma vez o som sibilante, esperou pacientemente; finalmente foi recompensado por uma impressão de que inúmeros olhos estavam à espreita. Eram os zoogs, pois é possível distinguir seus estranhos olhos muito antes que se possa perceber o contorno pequeno e escorregadio de seu corpo marrom.

Eles prontamente saíram de suas tocas ocultas e da árvore cheia de casulos, até que toda aquela região na penumbra ganhasse vida. Alguns dos zoogs mais ousados se roçaram de maneira desagradável em Carter, e um deles chegou a lhe dar uma repulsiva mordida na orelha; mas logo esses espíritos selvagens foram contidos pelos mais velhos. O Conselho dos Sábios, ao reconhecer o visitante, ofereceu-lhe uma cabaça de seiva fermentada colhida de uma árvore mal-assombrada — diferente das outras — que crescera a partir de uma semente lançada por alguém na lua; e, enquanto Carter bebia respeitosamente, teve início um estranhíssimo colóquio. Infelizmente, os zoogs não sabiam onde fica o cume de Kadath, nem poderiam dizer se a desolação gelada se localiza em nosso mundo onírico ou em outro. Rumores dos Grandes Deuses advinham de todos os lados; e seria possível até mesmo dizer que era mais provável avistá-los nos elevados cumes das montanhas do que nos vales, uma vez que parecem dançar nesses cumes quando a lua se ergue acima das nuvens.

Então, um dos mais velhos zoogs se lembrou de uma história desconhecida dos demais e disse que, em Ulthar, além do rio Skai, encontrava-se a última cópia dos inomináveis e arcaicos Manuscritos Pnacóticos, feitos por homens despertos nos obliterados reinos boreais e levados até as terras oníricas quando o canibal peludo Gnophkehs dominou os numerosos templos de Olathoe e matou todos os heróis da terra de Lomar. Esses manuscritos, segundo disse, continham muitas informações sobre os deuses e, além do mais, em Ulthar existiam homens que haviam recebido os sinais divinos — incluindo um velho sacerdote que havia escalado uma grande montanha para observá-los dançando ao luar. O sacerdote falhara em sua tentativa, mas seu companheiro de viagem conseguira, e perecera de modo inenarrável.

Então Randolph Carter agradeceu aos zoogs — que sibilaram amigavelmente, oferecendo-lhe mais uma cabaça de vinho lunar para a viagem — e partiu, atravessando o bosque fosforescente rumo ao lado oposto, onde as águas velozes do Skai descem as encostas de Lerion, enquanto Hatheg, Nir e Ulthar avançam pela planície. Logo atrás, furtivos e ocultos, muitos dos curiosos zoogs se espreitavam, desejando saber o que aconteceria com ele, a fim de reportar a lenda aos outros de seu povo. Os grossos carvalhos se tornavam cada vez mais densos à medida que Carter se afastava do vilarejo, olhando fixamente para um ponto onde eles pareciam um pouco mais esparsos, justamente por estarem moribundos ou mortos em meio aos fungos anormalmente rijos, ao mofo pútrido e aos troncos pastosos dos irmãos em ruínas. Chegando ali, desviaria sua rota, pois, nesse exato ponto, uma robusta placa rochosa reveste o chão da floresta e todos aqueles que se atreveram a chegar perto dela afirmam portar um aro de metal com quase um metro de diâmetro. Sabendo da existência do arcaico círculo de enormes rochas cobertas de musgo — e de sua provável serventia — os zoogs não se detêm nas cercanias da extensa rocha com o imenso aro de metal, pois sabem que nem tudo o que foi esquecido está necessariamente morto, e não gostariam de ver a placa se erguer lenta e deliberadamente.

Carter tomou o desvio no local oportuno e ouviu atrás de si o sibilar assustado de alguns dos zoogs mais tímidos. Já sabia que seria seguido, por isso, não ficou incomodado, acostumado às extravagâncias dessas criaturas intrometidas. Chegara à extremidade do bosque em plena penumbra, e a luz cada vez mais forte indicava serem os primeiros sinais da alvorada. Em meio às planícies férteis que descem até o Skai, Carter viu a fumaça das chaminés dos casebres, e por todos os lados via-se as sebes, os campos arados e os telhados de palha de uma terra pacata. Em determinado momento, parou junto ao poço de uma fazenda para tomar um pouco d'água, e todos os cães latiram apavorados para os imperceptíveis zoogs se esgueirando pelo gramado atrás dele. Em outra casa, onde havia gente ocupada com seus afazeres, fez perguntas sobre os deuses, indagando-lhes se frequentemente dançavam em Lerion; mas o fazendeiro e a esposa se limitaram a fazer o Sinal Ancestral, indicando-lhe o caminho para Nir e Ulthar.

Ao meio-dia, Carter atravessou a única grande rua de Nir, que já havia visitado no passado e que marcara suas viagens mais longínquas naquela direção; logo em seguida, chegou à grande ponte de pedra sobre o rio Skai, em cuja parte central os pedreiros haviam emparedado um homem ainda vivo como sacrifício na época da construção, mil e trezentos anos antes. Ao chegar ao outro lado, a frequente presença de gatos (que, sem exceção, arqueavam as costas ao rastro de zoogs) revelou a proximidade de Ulthar, pois ali, segundo uma antiga e relevante lei, nenhum homem poderia matar um gato. Os subúrbios de Ulthar eram muito agradáveis, repletos de pequenos casebres verdes e fazendas com cercas bem-cuidadas; ainda mais agradável era o curioso vilarejo, com suas casas assobradadas com telhados pontiagudos antigos, inumeráveis chaminés e andares superiores dependurados, e as estreitas ruelas morro acima, onde se via o velho calçamento sempre que os elegantes gatos deixavam espaço suficiente para tanto. Depois que parte dos gatos se dispersou por causa dos quase invisíveis zoogs, Carter seguiu na direção do Templo dos Anciãos, onde se costumava dizer ser possível encontrar os sacerdotes e antigos registros; uma vez no interior da venerável torre circular de pedra recoberta de hera, que coroa a mais alta colina de Ulthar, foi atrás do patriarca Atal — que escalara a montanha proibida de Hatheg-Kla, no deserto pedregoso — e retornara vivo.

 Atal, que estava sentado em uma plataforma de marfim sobre um altar decorado no alto do templo, tinha três séculos de idade; ainda assim, sua mente e sua memória continuavam aguçadas. Carter aprendeu muito sobre os deuses com ele, especialmente que eram de fato apenas deuses da Terra, com um frágil domínio sobre nossas terras oníricas, sem qualquer poder ou morada em outras partes. Atal dizia que lhes era possível atender as preces de um homem quando se encontravam de bom humor, mas que ninguém pensasse em escalar sua fortaleza de ônix no cume de Kadath em meio à desolação gelada. Era sorte que nenhum homem soubesse onde Kadath se eleva, pois as consequências dessa escalada seriam extremamente graves. O colega de Atal — conhecido como Barzai, o Sábio — fora arremessado aos céus urrando por ter simplesmente escalado o conhecido pico de Hatheg-Kla. Com a desconhecida Kadath, se um dia chegasse a ser descoberta, as consequências seriam muitíssimo mais graves; pois, embora os deuses da Terra possam, às vezes, ser superados por um sábio mortal, eles são protegidos pelos Outros Deuses do Além, sobre os quais é melhor não se falar nada. Pelo menos duas vezes na história do mundo os Outros Deuses haviam marcado com seu próprio sinete o granito primordial da Terra; uma nos tempos antediluvianos, como se vê em um desenho encontrado nos fragmentos dos Manuscritos Pnacóticos, antigos demais para serem lidos; e outra em Hatheg-Kla, quando Barzai, o sábio, tentou ver os deuses da Terra dançando ao luar. Então, disse Atal, seria muito melhor deixar todos os deuses em paz, à exceção de muito cuidadosas orações.

Carter, apesar de ter ficado desapontado com o conselho desencorajador de Atal e a minguada ajuda encontrada nos Manuscritos Pnacóticos e nos Sete Livros Crípticos de Hsan, não se desesperou de todo. Primeiramente, ele questionou o velho sacerdote a respeito da maravilhosa cidade ao pôr do sol vislumbrada do terraço com gradis, pensando que talvez pudesse encontrá-la sem a ajuda dos deuses; mas Atal não pôde lhe contar nada. Dizia ele que, provavelmente, o lugar fazia parte da terra onírica particular de Carter, e não da terra comum conhecida por muitos; sendo até mesmo possível que ficasse em outro planeta. Nesse caso, os deuses da Terra não poderiam guiá-lo nem se quisessem. Mas isso não era provável, já que a ausência de sonhos mostrava claramente que se tratava de algo que os Grandes Deuses desejavam esconder dele.

Então, Carter cometeu uma maldade, oferecendo a seu ingênuo anfitrião tantos goles do vinho lunar que os zoogs lhe haviam dado, que o velho começou a falar como um tagarela irresponsável. Roubado de sua discrição, o pobre Atal balbuciou sem amarras sobre toda sorte de coisas proibidas, contando relatos de viajantes a respeito de uma grande imagem entalhada na sólida rocha da montanha Ngranek, da ilha de Oriab, nos Mares do Sul, e insinuando que poderia ser uma estátua esculpida pelos deuses da Terra à sua própria imagem e semelhança, enquanto dançavam ao luar naquela montanha. Também deixou escapar, entre soluços, que as feições da estátua são muito estranhas, sendo, assim, imediatamente reconhecíveis, representando traços distintos da autêntica raça dos deuses.

A essa altura, a utilidade de todas essas informações na busca pelos deuses se tornou evidente para Carter. Sabe-se que os mais jovens dentre os Grandes Deuses muitas vezes usam disfarces para desposar as filhas dos homens, para que todos os camponeses das vizinhanças da desolação gelada onde se ergue Kadath carreguem seu sangue divino. Assim sendo, a melhor forma de encontrar tal desolação deve ser examinar o rosto de pedra em Ngranek e prestar atenção às feições; em seguida, depois de memorizá-las cuidadosamente, procurar pelas mesmas características entre os homens. Onde quer que se mostrem mais simples e nítidas deve ser o lugar mais próximo da morada dos deuses; e qualquer terreno rochoso que se estenda atrás dos vilarejos nesse local deve ser onde se ergue Kadath.

Muito se poderia aprender a respeito dos Grandes Deuses nessas regiões, pois aqueles com seu sangue herdariam pequenas memórias muito úteis a um explorador. Talvez eles não conheçam a própria ascendência, já que os deuses não gostam de se revelar aos homens e, portanto, não há ninguém que tenha visto seu rosto divino de propósito — algo de que Carter se dera conta enquanto tentava escalar Kadath. Mas certamente eles teriam estranhos pensamentos elevados, incompreensíveis a seus semelhantes, e cantariam sobre lugares e jardins longínquos, completamente diferentes de qualquer local conhecido — mesmo nas terras oníricas — que a gente comum certamente os chamaria de tolos; e, por isso, talvez fosse possível aprender os antigos segredos de Kadath, ou encontrar pistas sobre a maravilhosa cidade ao pôr do sol que os deuses mantinham em segredo. E mais: em certos casos seria possível tomar como refém o amado filho de um deus; ou até mesmo capturar um jovem deus que, disfarçado, vivesse entre os homens com uma graciosa camponesa como noiva.

Atal, no entanto, não sabia como encontrar Ngranek na ilha de Oriab, e recomendou a Carter que seguisse o curso do melódico rio Skai por sob suas pontes até chegar aos Mares do Sul, onde nenhum burguês de Ulthar jamais esteve, mas de onde os mercadores vêm em barcos ou em longas caravanas de mulas e carroças de duas rodas. Encontra-se ali uma grande cidade, Dylath-Leen; contudo, em Ulthar, o lugar goza de má fama, em virtude das negras galés com três fileiras de remos que até lá navegam, trazendo rubis de costas desconhecidas. Os mercadores que chegam nessas galés para negociar com os joalheiros são humanos, ou quase, mas nunca se veem os remadores; e os habitantes de Ulthar acreditam não ser apropriado celebrar negócios com embarcações negras de lugares desconhecidos cujos remadores não são avistados.

Depois de ter dado essa informação, Atal ficou muito sonolento, e Carter o deitou com cuidado em um divã de ébano incrustado e recolheu com muita cerimônia sua longa barba sobre o peito. Quando se virou para partir, notou que nenhum sibilar reprimido o seguia, e se perguntou por que os zoogs haviam deixado de lado sua curiosa perseguição. Então percebeu que todos os preguiçosos e luzidios gatos de Ulthar lambiam os bigodes com um raro prazer, e se lembrou dos cuspes e miados que ouvira levemente nas partes mais baixas do templo enquanto estivera distraído conversando com o velho sacerdote. Lembrou-se, também, do sinistro olhar faminto que um jovem e especialmente abusado zoog lançara para um gatinho preto na rua de paralelepípedos lá fora. E, como amava os gatinhos pretos acima de tudo que havia na Terra, Carter se abaixou e acariciou os lustrosos gatos de Ulthar que lambiam os bigodes, sem lamentar a relutância dos curiosos zoogs em continuar a segui-lo para além daquele ponto.

Como o sol começava a se pôr, Carter parou diante de uma antiga estalagem em uma ruela íngreme que dava para a parte baixa do vilarejo. E, ao sair para a sacada do quarto e olhar o mar de telhados vermelhos, as calçadas de pedras e os aprazíveis campos mais além, tudo mergulhado na tranquilidade e na magia da luz oblíqua, jurou que Ulthar seria um lugar muito agradável para se morar até o fim de seus dias — não fosse pela lembrança de uma cidade ainda mais grandiosa ao pôr do sol que o incitava rumo a perigos desconhecidos. Veio então o crepúsculo, e as muralhas rosadas arrematadas com gesso ganharam um aspecto místico e arroxeado, ao mesmo tempo que pequenas luzinhas amarelas se acendiam, uma a uma, nas velhas janelas treliçadas. E sinos suaves repicaram na torre do templo acima, e a primeira estrela reluziu levemente sobre os prados da margem oposta do Skai. Com a noite chegou a música, e Carter começou a balançar a cabeça ao ritmo dos alaúdes que exaltavam os tempos antigos nas sacadas decoradas com filigranas e nos pátios cobertos por mosaicos da singela Ulthar logo adiante. Talvez se pudesse ouvir doçura até mesmo nas vozes dos inúmeros gatos de Ulthar, caso a maioria não estivesse farta e silenciosa após seu estranho banquete. Alguns deles se retiraram para os reinos secretos — conhecidos somente pelos gatos — que os habitantes do vilarejo dizem ficar no lado escuro da lua, até onde os gatos chegam saltando dos mais altos telhados; um gatinho preto, no entanto, subiu escada acima e pulou no colo de Carter para ronronar e brincar, aninhando-se aos pés do viajante quando ele, por fim, deitou-se no pequeno divã estofado com ervas fragrantes e soporíferas.

De manhã, Carter se juntou a uma caravana de mercadores a caminho de Dylath-Leen com a lã fiada de Ulthar e os repolhos de suas movimentadas fazendas. E, durante seis dias, eles viajaram com sininhos tilintantes pela estrada aplainada à margem do Skai, parando por algumas noites nas estalagens de exóticos vilarejos pesqueiros e, em outras, acampando sob as estrelas, ouvindo as canções dos barqueiros que vinham das águas plácidas do rio. O campo era muito bonito, repleto de sebes, bosques verdejantes e casebres típicos, com seus telhados pontiagudos e moinhos de vento octogonais.

No sétimo dia, uma mancha de fumaça se elevou no horizonte à frente e, logo depois, surgiram as altas torres escuras de Dylath-Leen, construída principalmente de basalto. Dylath-Leen, com suas torres finas e angulosas, parece-se ao longe com a Calçada do

Gigante, e suas ruas são sinistras e inóspitas. Há muitas tavernas sórdidas nos arredores dos inúmeros cais e, por todo o vilarejo, amontoam-se estranhos marinheiros de todos os cantos da Terra, além de alguns que dizem não ser deste mundo. Carter indagou aos cidadãos envoltos em estranhos mantos sobre o pico de Ngranek, na ilha de Oriab, e descobriu que eles o conheciam muito bem.

Naquela ilha aportavam navios vindos de Baharna e, embora um dos navios fosse retornar dentro de um mês, a viagem do porto a Ngranek leva apenas dois dias no lombo de uma zebra. Poucos deles, contudo, tinham visto o rosto de pedra do deus, pois está localizado em uma encosta muito íngreme de Ngranek, dando para as escarpas mais acidentadas e um vale de tenebrosa lava. Certa vez, os deuses se enfureceram com os homens daquela margem e levaram o assunto ao conhecimento dos Outros Deuses.

Foi difícil obter essa informação dos comerciantes e marinheiros nas tavernas do porto de Dylath-Leen, já que a maioria preferia apenas cochichar a respeito das galés negras. A chegada de uma delas era esperada dentro de uma semana, com sua carga de rubis vindo de orlas desconhecidas, e os habitantes do vilarejo temiam vê-la atracar. Os homens das galés tinham a boca larga demais, e a maneira como seus turbantes se amontoavam em dois pontos acima da testa era de extremo mau gosto. E usavam os sapatos mais curtos e bizarros jamais vistos nos Seis Reinos. Mas, o pior de tudo eram os remadores invisíveis. As três fileiras de remos se moviam com excessiva velocidade, precisão e vigor para deixar a população tranquila, e não era razoável que um navio permanecesse ancorado em um porto durante semanas enquanto os mercadores conduziam seus negócios sem que a tripulação fosse vista por ninguém. Tampouco era justo com os taverneiros de Dylath-Leen — ou com os merceeiros e açougueiros — já que nunca nem sequer uma migalha de mantimentos era enviada a bordo. Os mercadores levavam apenas ouro e robustos negros escravizados de Parg ao longo do rio. Eis tudo o que levavam esses mercadores de feições desagradáveis e seus remadores invisíveis; eles jamais faziam compras nos açougues ou mercearias, levando apenas ouro e os negros gordos de Parg, comprados a peso. É impossível descrever o cheiro dessas galés quando o vento sul soprava dos cais. Até mesmo os mais vigorosos frequentadores das velhas tavernas portuárias precisavam fumar erva-doce sem parar para suportá-lo. Dylath-Leen nunca teria tolerado as galés negras se os tais rubis pudessem ser obtidos de outro modo; contudo, não se conhecia nenhuma outra mina deles em todas as terras oníricas de nosso planeta capaz de produzir algo sequer parecido.

Era sobre isso que os habitantes cosmopolitas de Dylath-Leen discutiam enquanto Carter esperava pacientemente pelo navio de Baharna, que seria capaz de transportá-lo à ilha onde se ergue a entalhada Ngranek, imponente e estéril. Nesse meio-tempo, não deixou de se atentar aos lugares habitualmente frequentados por longínquos viajantes em busca de qualquer história que pudesse ouvir a respeito de Kadath na desolação gelada, ou sobre uma maravilhosa cidade com muros de mármore e fontes de prata que reluziam sob terraços ao pôr do sol. Quanto a isso, no entanto, não descobriu nada, mesmo que, em certa ocasião, um velho mercador de olhar enviesado tenha dado estranhos sinais de reconhecimento ao ouvir menções à desolação gelada. Dizia-se que esse homem mantinha negócios com os horrorosos vilarejos de pedra no hostil planalto gelado de Leng, jamais visitado por gente íntegra e cujas fogueiras malignas são avistadas à noite ao longe. Havia até mesmo rumores de que ele tratara com o Sumo Sacerdote que não deve ser descrito, que usa uma sedosa máscara amarela sobre o rosto e vive isolado em um mosteiro de pedra pré-histórico. Era inegável que esse homem pudesse ter negociado com os seres que habitam a desolação gelada, mas Carter logo notou que de nada adiantaria questioná-lo.

Após passar pelo quebra-mar de basalto e elevado farol, a galé negra deslizou porto adentro, silenciosa e alheia, trazendo consigo um estranho odor que o vento sul soprava na direção da cidade. A inquietude pairava sobre as tavernas por toda a zona portuária e, passado algum tempo, os sinistros mercadores de boca larga com turbantes protuberantes e pés curtos desembarcaram furtivamente, à procura dos bazares dos joalheiros. Carter os observou atentamente e notou que, quanto mais os examinava, mais os detestava. Então, viu-os conduzir os robustos negros de Parg grunhindo e suando pela prancha de embarque ao interior da galé, e se perguntou em que terras aquelas criaturas gordas e patéticas estariam destinadas a servir — se é que serviriam em alguma terra.

Na terceira noite da estada da galé, um dos desagradáveis mercadores lhe falou, sorrindo maliciosamente e fazendo insinuações a respeito do que ouvira nas tavernas sobre as buscas de Carter. Ele parecia possuir algum conhecimento demasiado secreto para ser revelado em público; e, embora o som daquela voz fosse insuportavelmente odioso, Carter sentiu que não poderia subestimar a sabedoria de um viajante que viera de tão longe. Então, convidou-o para uma conversa a portas fechadas no andar superior da estalagem e usou o restante do vinho lunar dos zoogs para soltar a língua dele. O estranho mercador bebeu sem limites e continuou sorrindo como antes, imune aos efeitos da bebida. Em seguida, mostrou uma curiosa garrafa de vinho, e Carter percebeu que se tratava de um único rubi oco, entalhado com desenhos grotescos demais para ser compreendidos. Ofereceu seu vinho ao anfitrião, e Carter — mesmo tendo bebido apenas um ínfimo gole — sentiu a vertigem do espaço e a febre de selvas inimagináveis. Nesse meio-tempo, o convidado foi abrindo um sorriso cada vez mais largo e, à medida que sucumbia ao total esquecimento, Carter viu aquele odioso semblante escuro contorcido em uma gargalhada demoníaca e notou algo completamente inominável no ponto em que uma das protuberâncias frontais do turbante laranja se desarranjara com a agitação daquele júbilo epiléptico.

Carter recobrou a consciência em meio a horríveis odores sob um toldo semelhante a uma tenda no convés de um navio, com a esplêndida costa dos Mares do Sul deslizando a uma velocidade extraordinária. Ele não estava acorrentado, mas três dos obscuros e sarcásticos mercadores se postavam diante dele com um largo sorriso no rosto, e a visão das corcovas sob os turbantes quase o fizera desmaiar, assim como o mau cheiro que se infiltrava através das sinistras escotilhas. Viu passarem os gloriosos territórios e cidades sobre as quais outro sonhador da Terra — um faroleiro da antiga Kingsport — muitas vezes discursara nos velhos tempos, e reconheceu os cultuados terraços de Zar, morada dos sonhos esquecidos; os pináculos da infame Thalarion, a demoníaca cidade de mil maravilhas, reino do espectro Lathi; os funestos jardins de, terra de prazeres inalcançáveis, e os promontórios gêmeos de cristal, que se encontram em um arco resplandecente que guarda o porto de Sona-Nyl, abençoada terra de fantasia.

Por todas essas belas terras, o malcheiroso navio singrava insalubre, impelido pela força sobrenatural dos remadores invisíveis um nível abaixo. E, antes do fim do dia, Carter viu que o timoneiro só poderia ter como destino os Pilares Basálticos do Oeste, além dos quais as pessoas simples afirmam se situar a esplêndida Cathuria, embora os mais sábios sonhadores saibam ser os portões de uma monstruosa catarata, onde os oceanos dos mundos oníricos deságuam no nada abissal, atravessando os espaços vazios rumo a outras terras, outras estrelas, e aos terríveis vácuos fora do universo ordenado, onde o demônio sultão Azathoth rói faminto no caos, em meio às batidas, aos assobios e às danças macabras dos Outros Deuses, cegos, mudos, tenebrosos e irracionais, com seu espírito e mensageiro Nyarlathotep.

Nesse meio-tempo, os três sarcásticos mercadores não pronunciaram uma única palavra sobre a intenção de sua captura, embora Carter soubesse que deviam estar de conluio com aqueles que pretendiam frustrá-lo em sua busca. Sabe-se, nas terras oníricas, que os Outros Deuses têm muitos agentes circulando entre os homens; e todos esses agentes, sejam eles parcial ou totalmente humanos, anseiam por satisfazer a vontade dessas criaturas cegas e irracionais em troca dos favores do terrível espírito e mensageiro, o caos rastejante Nyarlathotep. Por isso, Carter imaginou que os mercadores dos turbantes salientes, ao saber da ousada busca pelos Grandes Deuses em seu castelo de Kadath, haviam decidido levá-lo e entregá-lo a Nyarlathotep em troca de qualquer indescritível recompensa que pudesse ser oferecida em troca daquele prêmio. Carter não conseguia imaginar de que lugar no universo conhecido ou nos sobrenaturais espaços siderais vinham aqueles mercadores; tampouco era capaz de conceber em que local diabólico poderiam encontrar o caos rastejante para entregá-lo e exigir sua recompensa. Sabia, no entanto, que seres quase humanos como aqueles jamais ousariam se aproximar do supremo trono noturno do demônio Azathoth no amorfo vazio central.

Ao pôr do sol, os mercadores lamberam excessivamente os largos lábios e trocaram olhares famintos; um deles desceu até o convés e voltou de alguma cabine oculta e fétida com uma panela e um cesto de pratos. Então, agacharam-se juntos uns dos outros sob o toldo e comeram a carne fumegante que passava de mão em mão. Mas, ao lhe oferecerem uma porção, Carter percebeu algo extremamente medonho no tamanho e na forma da comida, ficando ainda mais pálido, atirando tudo ao mar quando ninguém olhava. E, mais uma vez, pensou naqueles remadores invisíveis no andar de baixo e nas misteriosas provisões que alimentavam toda aquela força mecânica.

Já era noite quando a galé passou em meio aos Pilares Basálticos do Oeste, e o ruído da última catarata aumentara a níveis ensurdecedores à frente. A névoa da catarata se elevou a ponto de obscurecer as estrelas, o convés ficou úmido, e a embarcação jogou para o lado, em consequência da corrente provocada pela queda d'água. Então, com um assobio e um mergulho estranhos, deu-se o salto, e Carter sentiu os terrores de um pesadelo quando a Terra desapareceu e o grande barco disparou silencioso como um cometa rumo ao espaço interplanetário. Jamais imaginara as coisas negras e amorfas que espreitam, fervilham e se debatem pelo éter, lançando olhares de esguelha e sorrisos maliciosos a quaisquer viajantes que passem, por vezes tateando com as patas viscosas os objetos em movimento que lhes despertem a curiosidade. Eis as larvas inomináveis dos Outros Deuses, cegas e irracionais como eles, possuídas de fome e sede únicas.

Mas essa fétida galé não pretendia chegar tão longe quanto Carter temera, pois logo notou que o timoneiro seguia rumo à lua. O quarto crescente brilhava cada vez mais intensamente e exibia suas singulares crateras de maneira inquietante. O navio seguiu em direção à borda, e logo ficou claro que tinha como destino o lado secreto e misterioso eternamente oculto à Terra, que nenhum ser totalmente humano — exceto talvez o sonhador Snireth-Ko — jamais vira. A proximidade da superfície da lua à medida que a galé se avizinhava se revelou perturbadora demais para Carter, e ele não gostou do tamanho e do formato das ruínas espalhadas por todo canto. A disposição dos templos mortos nas montanhas sugeria que não haviam servido à glória de deuses benéficos ou adequados e, na simetria das colunas quebradas, parecia espreitar algum sentido obscuro e secreto que não encorajava nenhuma solução. Quanto à estrutura e às proporções dos antigos adoradores, Carter se recusou firmemente a fazer quaisquer suposições.

Quando o navio contornou a borda e navegou por aquelas terras desconhecidas aos homens, surgiram na bizarra paisagem alguns sinais de vida, e Carter viu inúmeros casebres baixos, largos e redondos em campos de grotescos fungos esbranquiçados. Notou, também, que os casebres não tinham janelas, e percebeu que o formato lembrava os iglus dos esquimós. Então, vislumbrou as ondas oleosas de um oceano moroso e soube que a viagem continuaria mais uma vez por água — ou, pelo menos, por algum tipo de líquido. A galé atingiu a superfície com um som peculiar, e a estranha forma elástica com que as ondas receberam o impacto causou muita confusão em Carter.

Então avançaram com grande velocidade, chegando, certa vez, a passar ao lado de outra galé do mesmo tipo e saudá-la, embora não vissem nada além daquele curioso mar e do céu negro coalhado de estrelas a maior parte do tempo, ainda que o sol abrasador continuasse a arder no firmamento.

Logo em seguida, ergueram-se adiante as escarpas de uma costa de aspecto leproso, e Carter viu as sólidas e desagradáveis torres cinzentas de uma cidade. A maneira como se inclinavam e se amontoavam, e a total ausência de janelas, era algo muito inquietante para o prisioneiro, que lamentava a estupidez que o levara a provar do curioso vinho do mercador com o turbante saliente. À medida que a costa se aproximava e o repugnante fedor daquela cidade ficava mais forte, ele avistou inúmeras florestas no alto das escarpas, assim como certas árvores que pareciam ter alguma relação com a solitária árvore lunar no Bosque Encantado da Terra, de cuja seiva fermentada os pequenos zoogs marrons produzem seu peculiar vinho.

Agora, Carter podia distinguir figuras em movimento nos fétidos cais à frente e, quanto melhor os via, mais começava a temer o pior e execrá-los. Pois não se tratava de homens, nem de algo que se assemelhasse a homens, e sim de enormes criaturas pegajosas branco-acinzentadas capazes de se expandir e se contrair à vontade, e cuja forma predominante — mesmo que em constante mutação — era de uma espécie de sapo sem olhos, dotado de uma curiosa massa vibratória repleta de curtos tentáculos rosados na ponta do indefinido e protuberante focinho. Essas coisas cambaleavam freneticamente pelos cais, transportando fardos, caixas e caixotes com uma força sobrenatural, entrando ou saindo aos pulos de uma galé ancorada, com longos remos nas patas dianteiras. De vez em quando, uma dessas criaturas aparecia conduzindo um bando de escravizados amontoados que, na verdade, apenas se pareciam com seres humanos, com bocas largas como as dos mercadores que negociavam em Dylath-Leen; a diferença é que esses bandos, por não usar turbantes, nem sapatos, nem roupas, acabavam não parecendo tão humanos no fim das contas. Alguns dos escravizados — os mais gordos, que uma espécie de capataz beliscava com o objetivo de examinar — eram descarregados dos navios e trancados no interior de caixas pregadas, que outros trabalhadores empurravam para dentro de galpões baixos ou carregavam em enormes e pesadas carroças.

Assim que atrelaram uma das carroças e a levaram embora, Carter viu a coisa fabulosa que a conduzia e se assustou, mesmo depois de ter visto as outras monstruosidades daquele lugar odioso. Vez ou outra, um pequeno grupo de escravizados, com roupas e turbantes parecidos com os dos obscuros mercadores, eram conduzidos a bordo de uma galé, seguidos por uma grande tripulação das coisas similares a sapos cinzentos e pegajosos, que ocupavam as funções de oficiais, navegadores e remadores. E Carter percebeu que aquelas criaturas quase humanas eram empregadas nos tipos mais aviltantes de servidão que não requeriam nenhuma força física, como pilotar e cozinhar, levar e trazer cargas e barganhar com os homens da Terra ou de outros planetas onde mantivessem comércio. Essas criaturas teriam sido convenientes na Terra, pois não eram realmente tão diferentes dos homens quando cuidadosamente vestidas, calçadas e com a cabeça coberta pelos turbantes; e podiam pechinchar nas lojas humanas sem nenhum constrangimento ou explicações curiosas. Porém, a maioria delas — a não ser as magras ou desfavorecidas — foi despida, colocada em caixotes e levada em pesadas carroças por coisas fabulosas. Ocasionalmente, outros seres eram descarregados e encaixotados; alguns muito similares a esses semi-humanos, outros nem tanto e, ainda outros, nem um pouco. E Carter se perguntou se algum dos pobres e robustos negros de Parg seria descarregado, encaixotado e embarcado rumo ao continente naquelas detestáveis carroças.

Quando a galé atracou em um cais com rochas esponjosas de aspecto gorduroso, uma horda de coisas-sapo como se saídas de um pesadelo se esgueirou pelas escotilhas, e duas dessas criaturas agarraram Carter, arrastando-o até a praia. O cheiro e o aspecto daquela cidade eram inenarráveis, e Carter reteve apenas imagens dispersas das ruas pavimentadas, entradas escuras e intermináveis precipícios verticais de paredes cinzentas sem janelas. Depois de um longo tempo, ele foi arrastado por uma porta baixíssima e obrigado a subir incontáveis degraus em uma escuridão de breu. Ao que tudo indicava, pouco importava às coisas-sapo se estava claro ou escuro. O odor do lugar era intolerável e, quando foi trancado sozinho em um cômodo, Carter mal teve forças para rastejar ao redor para avaliar o formato e as dimensões do recinto. Era circular e tinha uns seis metros de diâmetro.

Dali em diante, o tempo deixou de existir. De vez em quando, empurravam-lhe comida para dentro do cômodo, mas Carter não a tocava. Não tinha a menor ideia de qual seria seu destino, porém sentia que estava preso à espera da chegada do terrível espírito e mensageiro dos Outros Deuses do infinito, o caos rastejante Nyarlathotep. Por fim, depois de um intervalo de horas ou dias — algo impossível de calcular — a grande porta de pedra se abriu novamente, e Carter foi empurrado escada abaixo para as ruas iluminadas de vermelho daquela cidade intimidante. Era noite na lua, e por todo o vilarejo havia escravizados carregando tochas.

Em uma praça detestável, formou-se uma espécie de procissão: dez coisas-sapo e vinte e quatro criaturas semi-humanas com tochas em punho, onze de cada lado, uma na frente e a última atrás. Carter foi colocado no meio da fila, com cinco coisas-sapo à sua frente e outras cinco atrás, e um semi-humano carregando uma tocha de cada lado. Algumas das coisas-sapo sacaram flautas de marfim enfeitadas com entalhes repugnantes e começaram a emitir sons odiosos. Ao ritmo daquela melodia infernal, a coluna abandonou as ruas calçadas e avançou rumo às planícies soturnas de fungos obscenos, subindo logo a princípio uma das colinas mais baixas e menos íngremes bem atrás da cidade. Carter não tinha a menor dúvida de que o caos rastejante estaria à espreita em uma encosta assustadora ou um platô blasfemo, e desejou que o suspense acabasse logo. O lamento daquelas flautas desalmadas era chocante, e ele teria dado qualquer coisa no mundo em troca de um som remotamente normal; no entanto, as coisas-sapo não tinham voz, e os escravizados não falavam.

Então, em meio àquela escuridão salpicada de estrelas, surgiu um som normal. Desenrolou-se em meio às colinas mais altas e ecoou por todos os picos escarpados ao redor num crescente coro demoníaco. Era o grito da meia-noite de um gato, e Carter soube, enfim, que os velhos habitantes do vilarejo tinham razão ao pressupor, a meia-voz, a existência dos reinos secretos, conhecidos somente pelos gatos, para onde os felinos mais velhos se dirigem com passos furtivos à noite, saltando dos telhados mais altos. De fato, é para o lado escuro da lua que os gatos vão para pular, brincar nas colinas e conversar com sombras antigas, e ali, em meio àquela coluna de coisas fétidas, Carter ouviu seu grito familiar e amistoso, e pensou nos telhados íngremes, nas lareiras aconchegantes e nas janelas iluminadas de casa.

Àquela altura, Randolph Carter conhecia muito bem a língua dos gatos e, assim, naquele lugar distante e terrível, tratou de soltar o grito adequado. No entanto, não precisou berrar, já que, assim que abriu os lábios, Carter notou que as vozes do coro aumentavam à medida que se aproximavam e, em seguida, viu lépidas sombras escurecerem as estrelas enquanto pequenas formas graciosas pulavam de colina em colina em legiões crescentes. O chamado do clã soara e, antes mesmo que a asquerosa procissão tivesse tempo para se assustar, uma nuvem de pelos sufocantes e uma falange de garras assassinas caíra sobre ela como uma onda gigantesca e tempestuosa. As flautas se calaram e guinchos ecoaram pela noite. Semi-humanos agonizantes gritavam e os gatos cuspiam, miavam e bufavam, mas as coisas-sapo não emitiram qualquer som quando sua fétida secreção verde fatalmente escorreu naquela terra porosa coberta por fungos obscenos.

Enquanto a luz das tochas persistia, Carter presenciou aquela visão estupenda, e jamais vira tantos gatos juntos. Pretos, cinzentos e brancos; amarelos, pintados e malhados; comuns, persas e maneses; tibetanos, angorás e egípcios; todos em meio à fúria da batalha, pairando sobre eles a aura de profunda e inviolável santidade que engrandecia a deusa protetora dos gatos nos templos de Bubástis. Eles saltavam, sete de uma só vez, no pescoço de um semi-humano ou no focinho de tentáculos rosados de uma coisa-sapo, arrastando as vítimas pela planície de fungos abaixo, onde miríades de felinos se lançavam sobre eles, atacando-os com garras e dentes impulsionados pelo frenesi de uma fúria divina. Carter tomara a tocha de um escravizado abatido, mas logo foi dominado pelas ondas impetuosas de seus leais defensores. Deitou-se, então, na mais absoluta escuridão, ouvindo o clamor da batalha e os gritos dos vitoriosos enquanto sentia as patas macias de seus amigos, que passavam por cima dele de um lado para o outro, em meio ao combate.

Por fim, o pavor e a exaustão lhe fecharam os olhos e, quando tornou a abri-los, deparou-se com uma cena esquisita. O grande e brilhante disco da Terra, treze vezes maior do que a lua como a vemos, erguera-se acima da paisagem lunar com torrentes de uma estranha luz; e por todas aquelas léguas de platô selvagem e de cristas escarpadas se acocorava um mar interminável de gatos enfileirados. Dispunham-se em círculos sem fim, e dois ou três líderes saídos das fileiras lambiam seu rosto e ronronavam para reconfortá-lo. Dos escravizados e das coisas-sapo não sobraram muitos resquícios, mas Carter imaginou ter visto um osso a certa distância no espaço vazio que havia entre ele e os guerreiros.

Em seguida, Carter falou com os líderes na suave língua dos gatos, e ficou sabendo que sua antiga amizade com os felinos era famosa e frequentemente comentada nos lugares onde eles se reúnem. Não passara despercebido durante sua passagem por Ulthar, e os velhos gatos lustrosos se recordaram de como haviam sido acariciados depois de terem afastado os famintos zoogs que haviam lançado olhares maldosos na direção de um gatinho preto. Lembraram-se também de como acolhera o minúsculo gatinho que fora visitá-lo na estalagem, oferecendo-lhe um pires de leite cremoso na manhã de sua partida. O avô daquele pequeno gatinho era o líder do exército então reunido, que avistara a vil procissão de uma colina distante e reconhecera no prisioneiro um devotado amigo de sua espécie tanto no nosso planeta como nas terras oníricas.

Nesse momento, um uivo ecoou em um pico mais afastado, e o velho líder interrompeu abruptamente a conversa. Tratava-se de um dos destacamentos do exército, postado na mais alta das montanhas para vigiar os únicos inimigos temidos pelos gatos da Terra: os enormes e peculiares gatos de Saturno, que, por algum motivo, não são insensíveis ao encanto do lado escuro da nossa lua. Esses felinos têm uma aliança com as malignas coisas-sapo e são notoriamente hostis aos gatos terrestres; por isso, nessa conjuntura, um confronto seria uma questão grave.

Depois de uma breve consulta aos generais, os gatos se levantaram e adotaram uma formação mais cerrada, agrupando-se ao redor de Carter para protegê-lo e se preparando para o grande salto através do espaço de volta aos telhados do nosso planeta e às suas terras oníricas. O velho marechal de campo aconselhou Carter a se deixar carregar de modo suave e passivo em meio às densas fileiras do exército peludo, ensinando-o como saltar ao mesmo tempo que os outros e pousar graciosamente com os demais. Também se ofereceu a deixá-lo em qualquer lugar que desejasse, e Carter escolheu a cidade de Dylath-Leen, de onde partira a galé negra; pois ele desejava zarpar dali com destino a Oriab e à crista entalhada de Ngranek, onde aconselharia os habitantes da cidade a interromper qualquer comércio com as galés negras se, de fato, tais negócios pudessem ser suspensos de maneira cordial e conciliadora. Então, mediante um sinal, todos os gatos saltaram graciosamente com o amigo seguro no meio deles; entrementes, em uma caverna escura em um remoto e profano cume das montanhas lunares, o caos rastejante Nyarlathotep aguardava em vão.

O salto dos felinos através do espaço foi muito rápido; e, rodeado como estava por seus companheiros, dessa vez Carter não pôde ver as colossais disformidades negras que espreitam, precipitam-se e rastejam no abismo. Antes que pudesse se dar conta de tudo que acontecera, viu-se de volta ao familiar quarto da estalagem em Dylath-Leen, e os furtivos e amistosos gatos saíam pela janela aos montes. O velho líder de Ulthar foi a último a partir e, enquanto Carter lhe apertava a pata, disse que estaria em casa ao cantar do galo. Ao raiar da aurora, Carter desceu a escadaria e descobriu que se passara uma semana desde sua captura e partida. Ainda teria de esperar quase duas semanas pelo navio com destino a Oriab e, durante esse tempo, disse tudo quanto podia contra as galés negras e seus costumes infames. A maioria dos habitantes do vilarejo acreditou nele; ainda assim, o apreço dos joalheiros por aqueles enormes rubis era tanto, que nenhum deles prometeu com toda a sinceridade cessar o comércio com os mercadores de boca larga. Se um dia algum mal se abater sobre Dylath-Leen por conta desse tráfico, não terá sido por culpa de Carter.

Depois de cerca de uma semana, o almejado navio atracou perto da amurada negra e do elevado farol, e Carter ficou satisfeito ao ver que se tratava de uma embarcação de homens de boa índole, com os flancos pintados, velas latinas amarelas e um capitão grisalho vestido de seda. Sua carga consistia na resina fragrante dos bosques mais centrais de Oriab, na delicada cerâmica produzida pelos artistas de Baharna e nas estranhas figuras esculpidas na antiga lava de Ngranek. Pagava-se tais mercadorias com a lã de Ulthar, os tecidos iridescentes de Hatheg e o marfim entalhado pelos negros em Parg, na outra margem do rio. Carter arranjou com o capitão de ir até Baharna e foi informado de que a viagem levaria dez dias. Durante a semana de espera, conversou bastante com o capitão de Ngranek e descobriu que pouquíssimas pessoas haviam visto o tal rosto esculpido até então; mas que muitos viajantes se limitam a escutar as lendas do local com os velhos, os catadores de lava e os escultores de imagens em Baharna, mesmo que, ao voltar para casa, digam que o viram de fato. O capitão sequer sabia ao certo se havia pessoa viva que tivesse contemplado aquele rosto esculpido na rocha, já que o acesso à encosta nefasta de Ngranek era muito difícil, escarpado e inóspito, havendo ainda rumores de cavernas próximas ao cume onde habitariam os noctétricos. No entanto, o capitão não quis dizer como era um noctétrico, uma vez que esses seres são conhecidos por assombrar os sonhos daqueles que pensam neles com demasiada frequência. Então, Carter perguntou ao capitão sobre a desconhecida Kadath na desolação gelada e a maravilhosa cidade ao pôr do sol, mas a respeito delas o bom homem realmente nada sabia.

 Carter zarpou de Dylath-Leen de manhã cedo, quando a maré mudou, e viu os primeiros raios de sol nas finas torres angulares daquela sombria cidade basáltica. E, por dois dias, os marinheiros seguiram rumo leste, beirando as verdejantes costas, muitas vezes avistando os aprazíveis vilarejos pesqueiros que se elevavam encosta acima com seus telhados vermelhos, as chaminés dos velhos cais oníricos e as praias onde redes eram estendidas para secar. No terceiro dia, contudo, guinaram acentuadamente em direção ao sul, onde as ondas eram mais revoltas, e logo perderam de vista qualquer sinal de terra. No quinto dia, os marinheiros estavam nervosos, mas o capitão se desculpou por tais receios, dizendo que o navio estava a ponto de passar pelas muralhas recobertas de algas e pelas colunas em ruínas de uma cidade submersa, antiga demais para permanecer na memória, e que — quando a água estava límpida — era possível ver tantas sombras em movimento naquelas profundezas que a gente simples repudiava o lugar.

Admitiu, entretanto, que muitos navios haviam se perdido naquela parte do oceano e, mesmo tendo sido avistados muito próximos dali, nenhum rastro deles foi novamente encontrado.

Naquela noite a lua estava muito clara, e podia-se ver a uma grande profundidade na água. Ventava tão pouco que o navio mal conseguia se mover naquele mar calmo. Ao olhar por cima da amurada, Carter viu, a muitas braças da superfície, o domo do grande templo e, diante dele, uma alameda de esfinges sobrenaturais que conduziam ao que fora no passado uma praça pública. Golfinhos se divertiam alegremente em meio às ruínas, e botos desajeitados se deleitavam por todo lado, aproximando-se da superfície e saltando para fora d'água ocasionalmente. Assim que o navio avançou um pouco, o fundo do mar se elevou, transformado em colinas, e pôde-se ver com clareza os contornos das antigas ladeiras e das paredes submersas de um sem-número de casas.

Então, apareceram os subúrbios e, por fim, uma enorme construção isolada em uma encosta, de uma arquitetura mais simples do que a das outras estruturas, e em muito melhor estado. Tratava-se de uma edificação baixa e escura, que ocupava os quatro lados de uma praça, com uma torre em cada canto, um pátio pavimentado no meio e curiosas janelinhas redondas por toda parte. Provavelmente era construída em basalto, embora as algas tivessem recoberto quase toda a sua superfície; situava-se em um local tão retirado e imponente naquela distante colina que poderia muito bem ter sido um templo ou um monastério. Algum peixe fosforescente no seu interior conferia às janelinhas redondas um aspecto reluzente, e Carter não censurou o temor sentido pelos marinheiros em relação àquele lugar. Então, sob o brilho daquele luar aquoso, ele notou um estranho monolito no meio do pátio central, vendo que havia algo amarrado nele. E quando, depois de pegar um telescópio da cabine do capitão, percebeu que aquela coisa amarrada era um marinheiro portando os mantos de seda de Oriab — virado de cabeça para baixo e sem os olhos — alegrou-se ao perceber que uma brisa crescente impulsionava o navio adiante, rumo a partes mais salubres do mar.

No dia seguinte, comunicaram-se com um navio de velas arroxeadas que seguia rumo a Zar, na terra dos sonhos esquecidos, com uma carga de bulbos de lírios de estranhas cores. E, na noite do décimo primeiro dia, avistaram a ilha de Oriab, com as escarpas de Ngranek se erguendo ao longe, coroadas de neve. Oriab é uma imensa ilha, e o porto de Baharna, uma imponente cidade. Os portos de Baharna são de pórfiro, e a cidade se ergue logo atrás, em enormes terraços de pedra com ruas em níveis, muitas vezes cobertas por arcadas formadas por construções e pelas pontes que ligam umas às outras. Há ainda um grande canal que corre sob a cidade inteira em um túnel com portões de granito que levam ao lago de Yath; em sua margem mais distante se veem as vastas ruínas de tijolos de uma cidade primitiva cujo nome já foi esquecido. À medida que o navio se aproximava do porto ao entardecer, os faróis gêmeos Thon e Thal emitiram as boas-vindas e, no milhão de janelas dos terraços de Baharna, luzes tênues surgiam silenciosamente, pouco a pouco, como estrelas espiando o firmamento ao anoitecer, até que o elevado e íngreme porto se transformasse em uma constelação cintilante suspensa entre as estrelas do céu e seus reflexos no taciturno ancoradouro.

Depois de atracar, o capitão recebeu Carter como hóspede na própria casa, às margens do Yath, onde a parte posterior da cidade encontra a praia; e sua esposa e os criados trouxeram exóticas e saborosas comidas para o deleite do viajante. Nos dias seguintes, Carter começou a indagar a respeito dos rumores e lendas sobre Ngranek em todas as tavernas e lugares públicos onde os catadores de lava e os escultores de imagens se reúnem, mas não encontrou ninguém que tivesse alçado as encostas mais altas ou visto o rosto esculpido. A montanha de Ngranek era um pico inóspito com um vale amaldiçoado atrás dele e, além disso, não seria prudente confiar na crença que dizia serem os noctétricos criaturas completamente imaginárias.

Quando o capitão partiu uma vez mais rumo a Dylath-Leen, Carter se mudou para uma antiga hospedaria que dava para uma ruela em desníveis na parte velha do vilarejo, construída em tijolo e semelhante às ruínas na outra margem do Yath. Ali, Carter traçou um plano para escalar Ngranek, confrontando tudo o que descobrira com os catadores de lava a respeito das estradas naquela direção. O dono da hospedaria era um homem muito velho, e escutara tantas lendas, que acabou sendo de grande ajuda. Até mesmo levou Carter a um quarto no andar superior daquela antiga casa para mostrar um desenho grosseiro que um viajante rabiscara na parede de barro, naquela época distante em que os homens eram mais ousados e menos relutantes em visitar as encostas mais altas de Ngranek. O bisavô do dono da hospedaria ouvira de seu bisavô que o viajante que havia traçado aquela figura subira a montanha de Ngranek e vira o rosto esculpido, tendo-o desenhado para que outros o contemplassem; mas Carter continuava a duvidar imensamente, visto que as enormes e grosseiras feições na parede haviam sido rabiscadas às pressas e de maneira descuidada, além de estarem cercadas por uma multidão de pequenas figuras desenhadas no pior estilo imaginável, com chifres, asas, garras e rabos enrolados.

Por fim, depois de ter obtido todas as informações que conseguiria nas tavernas e lugares públicos de Baharna, Carter alugou uma zebra e, certa manhã, tomou a estrada às margens do Yath em direção ao interior, dominado pela montanha de Ngranek. À direita, viam-se colinas ondulantes, agradáveis pomares e pequenas fazendas de pedra, fazendo-o se lembrar dos campos férteis que margeiam o rio Skai. Ao cair da noite, Carter se aproximava das antigas ruínas sem nome na outra margem do Yath e, embora os antigos catadores de lava o tivessem advertido a não acampar naquele lugar à noite, ele amarrou a zebra a um curioso pilar diante de uma muralha em ruínas e estendeu seu cobertor em um canto abrigado, sob certos entalhes cujo significado ninguém saberia decifrar. Enrolou-se em um segundo cobertor, pois as noites são frias em Oriab; e, ao acordar em certo momento no meio da noite, julgou sentir as asas de algum inseto lhe roçando o rosto, cobriu totalmente a cabeça e dormiu em paz até despertar com o canto dos pássaros magah nos distantes bosques de resina.

O sol acabara de surgir na grande encosta onde se estendiam desoladas léguas de alicerces primitivos de tijolos, paredes corroídas, ocasionais colunas e pedestais rachados, até a margem do Yath, e Carter olhou ao redor, à procura da zebra amarrada. Grande foi sua decepção ao encontrar o dócil animal prostrado junto ao curioso pilar a que fora amarrado, e maior ainda a irritação ao descobrir que o equino estava morto, com todo o sangue sugado por um único ferimento na garganta. Seus pertences haviam sido revirados, e várias de suas reluzentes bugigangas, roubadas; por todo o chão poeirento viam-se grandes pegadas espalmadas, para as quais ele não encontrava explicação. Vieram-lhe à mente as lendas e avisos dos catadores de lava, e ele pensou na coisa que lhe roçara o rosto durante a noite. Então, pôs a bolsa no ombro e tomou a direção de Ngranek, mas não sem sentir um calafrio quando viu perto de si, no ponto em que a estrada atravessa as ruínas, um arco largo e baixo na parede de um antigo templo, com degraus que conduziam a uma escuridão impenetrável ao olhar.

Agora, o caminho seguia montanha acima, através de um campo cada vez mais selvagem, com partes arborizadas, de onde Carter via apenas os casebres dos carvoeiros e os acampamentos dos extratores de resina dos bosques. Todo o ar ao redor exalava um aroma balsâmico, e todos os pássaros magah cantavam alegremente, ostentando suas sete cores ao sol. Pouco antes do poente, ele chegou a um novo acampamento de catadores de lava, que retornavam com sacos carregados das encostas inferiores de Ngranek, e acampou por ali mesmo, escutando as cantigas e relatos dos homens, e entreouvindo seus sussurros a respeito de um colega que tinham perdido. Atingira um ponto bastante elevado, esperando alcançar uma massa de lava mais fina logo acima e, quando a noite caiu, não retornou para junto dos companheiros. Quando procuraram por ele no dia seguinte, encontraram apenas um turbante, sem que houvesse sinais indicando que pudesse ter caído do penhasco. Não continuaram as buscas, já que os homens mais velhos disseram que seria inútil.

Ninguém jamais encontrava o que os noctétricos levavam, embora a existência dessas criaturas fosse tão incerta a ponto de serem praticamente imaginárias. Carter lhes perguntou se os noctétricos sugavam sangue, gostavam de objetos reluzentes e deixavam pegadas espalmadas, porém todos simplesmente balançavam a cabeça e pareciam assustados com suas questões. Ao perceber o quão taciturnos eles haviam ficado, Carter não fez mais nenhuma pergunta e foi dormir em seu cobertor.

No dia seguinte, levantou-se com os catadores de lava e se despediu de todos quando os outros seguiram rumo oeste e ele partiu na direção contrária em uma zebra que comprara deles. Os mais velhos o benzeram e advertiram, dizendo que não seria prudente ir muito alto no Ngranek, contudo — mesmo tendo lhes agradecido de todo o coração — Carter não estava dissuadido de maneira nenhuma, pois ainda sentia que deveria encontrar os deuses na desconhecida Kadath, e deles obter acesso à maravilhosa e perturbadora cidade ao pôr do sol. Por volta do meio-dia, depois de um longo trecho montanha acima, alcançou os vilarejos de tijolo abandonados pelos montanheses que teriam habitado muito perto de Ngranek e que esculpiam imagens da lava fina de seus altos aclives. Moraram ali até a época do avô do velho dono da estalagem, sentindo então que sua presença naquele local era indesejada. As casas haviam escalado pelas encostas da montanha e, quanto mais alto eram construídas, mais pessoas desapareciam ao cair da noite. Por fim, decidiram que seria melhor partir de vez, pois, às vezes, entrevia-se na escuridão coisas que ninguém conseguia interpretar de modo favorável; assim, finalmente, todos desceram até o mar e se estabeleceram em um antiquíssimo bairro de Baharna, onde ensinaram aos filhos a velha arte de esculpir imagens, mantida até hoje. Foi desses filhos dos montanheses exilados que Carter ouviu as melhores histórias a respeito de Ngranek, enquanto continuava suas buscas pelas antigas tavernas de Baharna.

Durante todo esse tempo, a grande e sombria encosta de Ngranek se agigantava cada vez mais, à medida que Carter se aproximava dela. Havia árvores esparsas nos declives mais baixos e frágeis arbustos logo acima deles, erguendo-se então a horrível rocha estéril rumo ao céu, misturando-se à geada, ao gelo e às neves eternas. Carter já podia avistar as fendas e escarpas da sombria pedra e não se animou com o prospecto da escalada. Em determinados pontos, viam-se correntes de lava sólida e montes de sedimentos que entulhavam as encostas e saliências da rocha. Noventa éons atrás, antes mesmo de os deuses terem dançado no pico pontiagudo, a montanha falara com fogo e rugido com a voz dos trovões. Agora, erguia-se totalmente silenciosa e sinistra, ostentando no lado oculto a titânica e misteriosa imagem de que se falava nos rumores. E havia cavernas na montanha que poderiam estar abandonadas e entregues às trevas ancestrais, ou — caso as lendas dissessem a verdade — conter horrores de formas inimagináveis.

O terreno se elevava na direção da base de Ngranek, esparsamente coberto por arbustos de carvalho e freixos e repleto de fragmentos de rocha, lava e antigas cinzas. Viam-se brasas das fogueiras de inúmeros acampamentos, onde os catadores de lava frequentemente paravam, e diversos altares rústicos, erigidos para aplacar os Grandes Deuses ou afugentar o que lhes aparecia em sonho nos elevados desfiladeiros e nas cavernas labirínticas de Ngranek. Ao anoitecer, Carter alcançou a mais distante pilha de cinzas e resolveu passar a noite ali mesmo, amarrando a zebra a uma árvore jovem e se enrolando em seus cobertores antes de adormecer. Durante toda a noite, um vunith uivou à margem de algum lago oculto, mas Carter não sentiu medo desse terror anfíbio, já que tinham lhe assegurado que nenhuma daquelas criaturas ousa se aproximar das encostas de Ngranek.

Quando já se fazia dia claro, Carter começou a longa escalada, levando a zebra o mais longe que aquele útil animal conseguisse chegar, amarrando-a a um freixo retorcido quando a superfície da estradinha se tornou íngreme demais. Dali em diante, seguiu sozinho; primeiro, através da floresta, com clareiras repletas de ruínas de antigos vilarejos, e depois, avançando pelo mato espesso, onde arbustos anêmicos cresciam por toda parte. Ele lamentou ter que abandonar as árvores, já que o aclive era bastante pronunciado e toda a paisagem se mostrava um tanto vertiginosa. Por fim, começou a discernir todo o cenário rural que se estendia ao fundo, onde quer que olhasse: os casebres abandonados dos escultores de imagens; os bosques de resina e os acampamentos dos homens que a exploram; as florestas onde os prismáticos magahs se aninham e cantam; e até mesmo um vislumbre distante das margens do Yath e das antigas e funestas ruínas cujo nome se perdeu. Achou melhor não olhar ao redor, continuando firme na escalada até os arbustos se tornarem mais esparsos e muitas vezes não haver nada a que se agarrar além do mato espesso.

Em seguida, a terra se tornou mais escassa, apresentando longos trechos de pedra nua e, de vez em quando, um ninho de condor em alguma fenda. Por fim, não sobrou nada além de rocha e, se sua superfície não fosse tão áspera e desgastada pelas intempéries, Carter não teria conseguido escalar muito mais. Saliências, bordas e pináculos, no entanto, eram de grande ajuda; e era animador encontrar ocasionalmente o sinal de algum catador de lava rabiscado na pedra arenosa e saber que criaturas humanas e benéficas haviam estado ali antes dele. Depois de determinada altura, a presença do homem ficava mais evidente pelos apoios para pés e mãos entalhados na rocha e pelas pequenas pedreiras e escavações próximas a algum importante veio ou corrente de lava. Em um dado local, uma fenda estreita fora artificialmente talhada para dar acesso a um riquíssimo depósito muito à direita da principal rota de escalada. Por uma ou duas vezes, Carter se atreveu a olhar ao redor, e por pouco não ficou atordoado com a extensão da paisagem abaixo dele. Era possível avistar toda a ilha formada entre o local onde estava e a costa, com os terraços de pedra de Baharna e a fumaça de suas místicas chaminés ao longe. E, mais além, estendiam-se os ilimitados Mares do Sul, com seus curiosos mistérios.

Até ali, percorrera um caminho em ziguezague ao redor da montanha, de modo que o lado mais distante, onde se encontrava o rosto esculpido, continuava oculto. Carter agora via uma saliência que subia à esquerda e parecia se dirigir ao destino desejado, e tomou esse caminho na esperança de que se revelasse contínuo. Depois de dez minutos, ele percebeu que de fato não se tratava de um beco sem saída, seguindo, contudo, em um aclive muito íngreme, dando em uma arcada que dentro de poucas horas o levaria — a não ser que fosse interrompido ou desviado subitamente — à desconhecida encosta meridional que defronta os penhascos desolados e o amaldiçoado vale de lava. À medida que avistava a nova paisagem, Carter percebia que se tratava de um local ainda mais inóspito e selvagem do que as terras em direção ao mar que atravessara. A própria lateral da montanha parecia diferente, sendo entremeada por curiosas fendas e cavernas, não encontradas na rota mais direta que abandonara. Algumas delas se encontravam acima e outras, abaixo dele, porém todas se abriam para penhascos verticais completamente inacessíveis aos pés dos homens. Fazia muito frio agora, mas a escalada era tão exaustiva que Carter não se importava mais. Apenas a crescente rarefação o incomodava, e pensou que talvez fora isso que havia afetado a mente de outros viajantes e inspirado os absurdos relatos sobre os noctétricos que explicavam o sumiço dos alpinistas que caíam daqueles perigosos caminhos. Esses relatos não o impressionaram tanto, mas, mesmo assim, ele carregava uma boa cimitarra² para o caso de encontrar problemas. Todos os pensamentos menores desapareciam diante do desejo de ver o rosto esculpido que poderia indicar o caminho rumo aos deuses no topo da desconhecida Kadath.

Por fim, no apavorante frio das altitudes elevadas, conseguiu dar toda a volta em direção ao lado oculto de Ngranek, de onde pôde avistar, nos infinitos abismos ao fundo, os rochedos menores e os estéreis desfiladeiros de lava que marcavam a velha ira dos Grandes Deuses. Descortinou-se também, naquele instante, uma vasta extensão de terras ao sul; entretanto, era um terreno desértico sem campos férteis ou chaminés de casebres, parecendo não ter fim. Nenhum indício do mar era visível daquele lado, já que Oriab é uma ilha bastante grande. Cavernas escuras e estranhas fendas continuavam a surgir em grande número nos penhascos verticais, mas nenhum deles era acessível aos alpinistas. Surgiu então nas alturas uma enorme massa protuberante que impedia qualquer vislumbre do que havia mais acima e, por um instante, Carter teve medo de que se provasse um obstáculo intransponível. Situado quilômetros acima da terra em meio à insegurança dos ventos, com nada além de vazio e morte de um lado e encostas rochosas escorregadias do outro, Carter soube por um momento o que era o tal medo que leva os homens a evitar o lado oculto de Ngranek. Não poderia voltar, visto que o sol já estava baixo. Se não houvesse nenhum caminho até o topo, a noite certamente o encontraria ali, agachado e imóvel, e o amanhecer já não o encontraria mais.

Mas havia um caminho, e ele o vislumbrou na hora certa. Somente um sonhador experiente poderia ter usado aqueles imperceptíveis apoios de pé, mas, para Carter, era o que bastava. Depois de transpor a rocha protuberante, ele percebeu que a encosta seguinte era muito mais acessível do que a anterior, uma vez que o derretimento de uma enorme geleira revelara uma generosa

---

2 Espada de lâmina larga e curva. (N. do T.)

extensão de argila e saliências. À esquerda, um precipício descia de alturas desconhecidas a profundezas inimagináveis, com a sombria abertura de uma caverna inalcançável logo acima dele. Em outras partes, no entanto, o aclive da encosta diminuía e chegava até mesmo a proporcionar espaços em que era possível parar e descansar.

A julgar pelo frio, Carter sentiu que devia estar próximo ao limiar da neve, e olhou para cima de modo a ver quais daqueles cumes cintilantes poderiam estar refletindo a luz do encarnado sol poente. Sem dúvida, logo acima havia neve a perder de vista e, abaixo, uma enorme rocha que se projetava, como a que acabara de escalar, com os negros contornos suspensos eternamente contra a brancura do pico gelado. E, ao ver aquele penhasco, Carter se surpreendeu e gritou, agarrando-se aterrorizado à rocha escarpada, pois aquela titânica protuberância não permanecera igual desde que a aurora terrestre a delineara contra o céu, agora refulgindo vermelha e imponente ao pôr do sol com as feições esculpidas e polidas de um deus.

Austero e terrível brilhava aquele rosto ardendo ao sol. Não há intelecto passível de conceber tamanha vastidão e, no mesmo instante, Carter soube que homem nenhum poderia tê-lo construído. Era um deus entalhado por mãos divinas, encarando com desdém e majestade aquele que o buscava. Diziam os rumores que o rosto era estranho e inconfundível, e Carter pôde perceber a verdade daquelas palavras, pois os longos olhos enviesados, as orelhas de lóbulos compridos, o nariz fino e o queixo pontiagudo sugeriam uma raça de deuses, não de homens.

Espantado, agarrou-se ao perigoso e elevado pico, embora aquele rosto fosse aquilo que esperava e desejava encontrar, pois há mais maravilhas na figura de um deus do que qualquer previsão é capaz de sugerir; e, quando esse rosto é maior do que um templo e é visto de cima para baixo ao pôr do sol, em meio aos misteriosos silêncios daquele mundo superior, de cuja lava escura fora divinamente criado em tempos imemoriais, o assombro é tão impressionante que não há como se safar dele.

A isso tudo se somava o espanto adicional do reconhecimento; pois, ainda que ele tivesse planejado vasculhar todas as terras oníricas em busca daqueles cujo rosto pudesse identificá-lo como filhos dos deuses, Carter compreendeu, naquele momento, que não precisaria fazê-lo. Certamente, o grande rosto esculpido naquela montanha nada tinha de estranho, mas apresentava forte parentesco com os que vira nas tavernas do porto de Celephais, em Ooth-Nargai, região mais além das Colinas Tanarianas governada pelo rei Kuranes, que Carter encontrara certa vez no mundo desperto. Todos os anos, marinheiros com aquele rosto chegavam em navios escuros vindos do Norte para trocar seu ônix pelo jade entalhado, por meadas de ouro e pelos pássaros canoros vermelhos de Celephais; e ficou claro que não podiam ser outra coisa senão os semideuses que Carter procurava. Onde quer que eles morassem, a desolação gelada devia estar próxima e, nela, a desconhecida Kadath e o castelo de ônix dos Grandes Deuses. Para Celephais então ele seguiria, muito distante da ilha de Oriab, passando por lugares que o levariam de volta a Dylath-Leen, rio Skai acima até a ponte de Nir; e, uma vez mais, para dentro do bosque encantado onde habitam os zoogs, quando então o caminho desviaria rumo norte, em meio aos jardins nos arredores de Oukranos, na direção dos pináculos dourados de Thran, onde poderia encontrar um galeão cujo destino fosse navegar além do Mar Cereneriano.

A noite, no entanto, começava a avançar e, nas sombras, o enorme rosto esculpido parecia ainda mais austero. O anoitecer encontrou o viajante empoleirado naquela fenda e, em meio às trevas, ele não poderia subir nem descer, somente permanecer agarrado àquela rocha, tremendo naquela passagem estreita até que raiasse a aurora, rezando para se manter acordado e evitar que o sono o levasse a soltar os dedos e cair pelos vertiginosos quilômetros de vazio abismo abaixo até os penhascos e rochas pontudas do amaldiçoado vale. Surgiram as estrelas, mas, além delas, só restavam as trevas do vazio em seus olhos, trevas associadas à morte, cujo chamado só podia ser ignorado se agarrando às rochas e se afastando do precipício invisível. A última coisa da Terra que viu no crepúsculo crescente foi um condor, que planou perto do precipício a oeste e se arremessou aos gritos ao se aproximar da caverna com a boca escancarada em um ponto inalcançável próximo a ele.

De repente, sem nenhum sinal de aviso, Carter sentiu a cimitarra do cinto lhe ser surrupiada por mãos furtivas e invisíveis. Ouviu então o tilintar do metal nas rochas lá embaixo. E entre ele e a Via Láctea, pensou ter visto o terrível contorno de alguma criatura extremamente esquálida com chifres, rabo e asas de morcego. Outras coisas também haviam começado a encobrir as estrelas a oeste, como se um bando de entidades indistintas batesse as asas em silêncio ao sair da caverna inacessível diante do precipício. Então, uma espécie de braço frio e borrachento lhe agarrou o pescoço, outra coisa agarrou os pés, e Carter foi erguido e sacudido despropositadamente de um lado para o outro no espaço vazio. No instante seguinte, as estrelas haviam desaparecido, e Carter se deu conta de que havia sido capturado pelos noctétricos.

Carregaram-no ofegante para o interior da caverna na encosta da montanha, e através de monstruosos labirintos em seu interior. Quando Carter resistia — como fez inicialmente, por puro instinto — as criaturas lhe faziam cócegas. Não emitiam nenhum som, e até mesmo suas asas membranosas batiam em silêncio. Eram terrivelmente frias, úmidas e escorregadias, e apertavam as patas contra si de maneira detestável. Em pouco tempo, essas criaturas se precipitaram assustadoramente rumo a abismos inconcebíveis a uma velocidade entorpecedora, vertiginosa e nauseante, em um ar úmido como a atmosfera dos túmulos — e Carter sentiu que se lançavam a um turbilhão absoluto de vociferante e demoníaca loucura. Gritou repetidas vezes, mas, a cada grito, as criaturas lhe faziam cócegas mais e mais sutis. Viu então uma espécie de fosforescência cinzenta ao redor e imaginou que estivessem chegando ao incógnito mundo de horrores subterrâneos mencionados em determinadas lendas obscuras, iluminado apenas pelo fogo mortiço e pálido que empesteia o ar e as névoas primitivas das covas no centro da Terra.

Por fim, distinguiu nas profundezas as linhas tênues dos cinzentos e ameaçadores pináculos que sabia serem os famosos Picos de Throk. Terríveis e sinistros, eles se erguem no mal-assombrado crepúsculo das eternas profundezas sombrias a alturas maiores do que o homem é capaz de conceber, como guardiões dos terríveis vales onde os dholes rastejam e escavam de modo repugnante. Carter, contudo, preferia ver aquilo a olhar para seus captores, que, de fato, eram perturbadoras criaturas negras, horripilantes e grosseiras, com superfícies lisas, oleosas, semelhantes à das baleias, chifres detestáveis que se curvavam na direção um do outro, asas de morcego que ao bater não emitiam som, medonhas garras preênseis e caudas serrilhadas que balançavam incessantemente e sem necessidade. E o mais terrível era que jamais falavam, riam ou sorriam, pois não tinham rosto com que pudessem fazê-lo, apenas um vazio sugestivo em que deveria haver uma face. Tudo o que faziam era voar, agarrar e fazer cócegas — eis os hábitos dos noctétricos.

À medida que o bando começava a voar mais baixo, os Picos de Throk se erguiam cinzentos e altivos por todos os lados, evidenciando que nada poderia viver no granito austero e impassível daquele crepúsculo eterno. Em níveis ainda mais baixos, os fogos-fátuos na atmosfera se dissiparam, sobrando apenas a escuridão primordial do vazio — a não ser nas alturas, onde os picos esmaecidos se elevavam como duendes. Logo os picos ficaram para trás, e nada mais restou além das grandes rajadas de vento, trazendo a umidade das grutas mais profundas. Por fim, os noctétricos pousaram em um terreno recoberto de coisas invisíveis que pareciam consistir em várias camadas de ossos, largando Carter sozinho naquele vale escuro. Carregá-lo até ali era o dever dos noctétricos que guardam Ngranek; e, uma vez cumprida a missão, eles partiram em silêncio batendo as asas. Quando Carter tentou acompanhar a trajetória de seu voo, descobriu ser impossível, visto que até mesmo os

Picos de Throk haviam desaparecido. Não restara nada, a não ser a escuridão, o horror, o silêncio e os ossos.

Agora Carter sabia, de acordo com determinada fonte que consultara, que estava no vale de Pnath, onde os enormes dholes rastejam e escavam, embora não soubesse o que esperar, pois ninguém jamais vira um dhole ou sequer imaginava o aspecto daquelas coisas. Os dholes são conhecidos apenas por vagos rumores pelos zumbidos que produzem em meio às montanhas de ossos e do rastro pegajoso que deixam para trás. Jamais são vistos, uma vez que rastejam somente no escuro. Carter não queria encontrar um deles, por isso, ficou atento a qualquer ruído nas desconhecidas profundezas de ossos ao redor. Mesmo naquele pavoroso lugar, ele tinha um plano e um objetivo, pois boatos sobre Pnath e as regiões vizinhas não eram estranhos a alguém com quem conversara bastante nos velhos tempos. Em suma, parecia bastante provável que aquele fosse o ponto em que todos os ghouls do mundo desperto atiram os restos de seus banquetes e que, com um pouco de sorte, ele poderia topar com o imponente rochedo ainda mais alto do que os Picos de Throk, lugar que marca o início dos domínios desses seres medonhos. Precipitações de ossos lhe indicariam onde procurar e, assim que encontrasse um ghoul, poderia chamá-lo e pedir que lhe lançasse uma escada, pois, por mais estranho que pareça, Carter tinha uma ligação muito singular com essas terríveis criaturas.

Um homem que conhecera em Boston — um pintor de quadros esquisitos com um estúdio secreto em um beco antigo e profano próximo a um cemitério — fizera de fato amizade com os ghouls e lhes ensinara a compreender as partes mais fundamentais dos repulsivos guinchos e estridências que compunham sua língua. Esse homem acabou desaparecendo, e Carter não se surpreenderia caso o reencontrasse ali, e usasse pela primeira vez nas terras oníricas aquele distante inglês de sua vaga vida no mundo desperto. De qualquer maneira, sentia-se capaz de persuadir um ghoul a conduzi-lo para fora de Pnath; e seria melhor encontrar um ghoul, que é visível, do que um dhole, que é invisível.

Então Carter seguiu na escuridão, correndo quando imaginava ter ouvido qualquer coisa em meio aos ossos espalhados sob seus pés. Ao esbarrar em uma encosta de pedra, soube que deveria ser a base de um dos Picos de Throk. Então, escutou estrondos e alaridos monstruosos que se elevavam pelo ar e teve certeza de que estava chegando perto do rochedo dos ghouls. Não sabia se o ouviriam naquele vale a quilômetros de profundidade, mas se lembrou de que aquele mundo recôndito era governado por estranhas leis. Enquanto pensava, Carter foi atingido por um osso tão pesado que devia ser um crânio e, ao notar a proximidade daquele fatídico penhasco, emitiu o melhor que pôde o guincho estridente em que consiste o chamado dos ghouls.

O som viaja devagar, por isso, levou algum tempo até que escutasse outro guincho em resposta. Entretanto, ela finalmente veio e, em pouco tempo, disseram-lhe que uma escada de corda seria baixada. A espera foi muito tensa, pois não havia como saber o que poderia ter sido desperto por aquela gritaria. De fato, não demorou muito até que ele ouvisse um vago rumor ao longe. À medida que o ruído se aproximava lentamente, Carter ficava cada vez mais desconfortável, já que não queria se afastar do ponto onde lhe jogariam a escada. Por fim, a tensão se tornou quase insuportável, e ele estava prestes a fugir em pânico quando o bater de algo na pilha de ossos recém-empilhados desviou sua atenção do outro som. Era a escada e, depois de um minuto apalpando às escuras, ele a agarrou firmemente com as mãos. Porém, o outro som não cessou, e continuou a segui-lo mesmo enquanto subia. Já tinha chegado a um metro e meio do chão quando o rumor se intensificou e, a três metros de altura, alguma coisa balançou a ponta da escada lá embaixo. Ao atingir cinco ou seis metros, Carter sentiu toda a lateral do corpo ser roçada por uma grande criatura pegajosa, que se retorcia em formas côncavas e convexas, e começou a subir desesperadamente para escapar do insuportável contato com aquele repugnante e obeso dhole, cujo aspecto nenhum homem poderia ver.

Por horas, Carter subiu com os braços doloridos e as mãos cobertas por bolhas, vendo uma vez mais o cinzento fogo-fátuo e os inquietantes pináculos de Throk. Finalmente, pôde notar a borda do grande rochedo dos ghouls, cujo paredão vertical não conseguia vislumbrar; horas mais tarde, viu um rosto curioso espiando como uma gárgula sobre o parapeito da Notre-Dame. Essa visão quase o fez se soltar da corda em virtude da vertigem, mas, no momento seguinte, ele se recuperou do susto, pois seu amigo desaparecido, Richard Pickman, apresentara-o certa vez a um ghoul, e Carter conhecia muito bem as faces caninas, formas recurvadas e inomináveis peculiaridades dessas criaturas. Assim, já havia retomado o controle quando aquela coisa horrenda o puxou do vertiginoso vazio por cima da borda do rochedo, e não chegou a gritar ao ver, de um lado, a pilha de restos parcialmente consumidos e, do outro, os círculos de ghouls agachados que roíam e o encaravam com um olhar curioso.

Encontrava-se agora em uma planície na penumbra, cujas únicas características topográficas eram as grandes rochas e as entradas das tocas. Em geral, os ghouls eram respeitosos, embora um deles tivesse tentado beliscá-lo e vários outros encarassem a magreza de seu corpo com olhares especulativos. Por meio de pacientes guinchos, fez-lhes perguntas acerca do amigo desaparecido e descobriu que ele se tornara um ghoul de certa proeminência em abismos próximos do mundo desperto. Um ghoul ancião esverdeado se ofereceu para levá-lo até a residência atual de Pickman, e, apesar da repulsa natural que sentia, Carter seguiu a criatura por uma espaçosa toca adentro, onde os dois se arrastaram por horas na escuridão do mofo pútrido. Emergiram em outra planície escura, repleta de singulares relíquias da Terra — antigas lápides, urnas quebradas e grotescas ruínas de monumentos — e Carter percebeu, com certa emoção, que provavelmente estava mais próximo do mundo desperto do que em qualquer outro momento desde que descera os setecentos degraus na caverna de fogo rumo ao Portal do Torpor Profundo.

Ali, em uma lápide de 1768, roubada do Cemitério Granary, de Boston, estava sentado o ghoul que antes fora o artista Richard Upton Pickman. Nu e borrachento, ele adquirira tanto da fisionomia dos ghouls que sua origem humana já se tinha obscurecido. Contudo, ainda se lembrava de algumas palavras em inglês e foi capaz de conversar com Carter por meio de grunhidos e monossílabos, ajudado vez ou outra pelos característicos guinchos dos ghouls. Ao saber que Carter desejava chegar ao Bosque Encantado e de lá seguir em direção à cidade de Celephais em Ooth-Nargai, além das Colinas Tanarianas, pareceu ficar em dúvida, já que os ghouls do mundo desperto nada têm a fazer nos cemitérios das terras oníricas superiores (delegando essa tarefa aos wamps de pés rubros criados nas cidades mortas), e há muitas coisas entre o abismo onde habitam e o Bosque Encantado, incluindo o terrível reino dos gugs.

No passado, os gugs, peludos e gigantescos, erigiram círculos de pedra naquele bosque e nele ofereciam estranhos sacrifícios aos Outros Deuses e ao caos rastejante Nyarlathotep. Até que, certa noite, uma abominação engendrada por eles chegou ao conhecimento dos deuses da Terra, que os baniram para as cavernas inferiores. Apenas um grande alçapão de pedra com um anel de ferro liga o abismo dos ghouls terrestres ao Bosque Encantado, mas os gugs temem abri-lo por causa de uma maldição. Que um sonhador mortal possa atravessar o reino das cavernas deles e sair por aquela porta é inconcebível, pois os sonhadores mortais costumavam ser seu alimento, e circulam lendas entre os gugs sobre o sabor refinado desses sonhadores, ainda que o banimento tenha restringido a dieta dessas criaturas aos ghasts, seres repulsivos que morrem quando expostos à luz, vivem nas catacumbas de Zin e saltam com as pernas traseiras como cangurus.

Por isso, o ghoul que fora Pickman aconselhou Carter a sair do abismo em Sarkomand, a cidade deserta no vale abaixo de Leng, onde negras escadarias nitrosas guardadas por leões de diorito alados descem das terras oníricas aos abismos inferiores; ou então, a voltar ao mundo desperto por um cemitério e recomeçar do zero a busca pelos setenta degraus do sono leve até a caverna de fogo, pelos setecentos degraus rumo ao Portal do Torpor Profundo e ao Bosque Encantado. O conselho, no entanto, não agradou o explorador, pois ele não conhecia nada do caminho de Leng para Ooth-Nargai, e também relutava em despertar por medo de esquecer de tudo o que conquistara nesse sonho. Seria desastroso para sua busca não ter mais na memória o augusto e celestial rosto dos marinheiros do norte que negociavam ônix em Celephais e que, sendo filhos de deuses, poderiam indicar a direção da desolação gelada e de Kadath, onde moram os Grandes Deuses.

Depois de muita insistência, o ghoul consentiu em guiar o visitante pelo interior da grande muralha do reino dos gugs. Havia uma chance de Carter conseguir se esgueirar por aquele reino crepuscular de torres de pedras circulares quando os gigantes estivessem saciados e cochilando dentro de casa, chegando assim à torre central com o sinal de Koth, cuja escada leva ao alçapão de pedra que dá acesso ao Bosque Encantado. Pickman até mesmo consentiu em emprestar três ghouls para ajudá-lo, usando uma lápide como alavanca para abrir o alçapão, pois os gugs têm medo dos ghouls e muitas vezes fogem dos próprios cemitérios colossais ao vê-los se banqueteando ali.

Ele também aconselhou Carter a se disfarçar de ghoul, raspando a barba que deixara crescer (já que os ghouls não usam barba), rolando nu no mofo para obter uma aparência mais convincente e andando à maneira deles, com as costas recurvadas, carregando suas roupas em uma trouxa, como se fossem o festim roubado de um túmulo. Chegariam à cidade dos gugs —com fronteiras comuns a todo o reino— pelas tocas certas, emergindo então em um cemitério próximo à escadaria da Torre de Koth. No entanto, deveriam tomar cuidado com uma grande caverna perto do cemitério, que é a entrada para as catacumbas de Zin, onde os vingativos ghasts ficam sempre à espreita, prontos para matar os habitantes do abismo superior, que os perseguem e atacam. Os ghasts tentam sair quando os gugs dormem e agridem os ghouls com a mesma disposição demonstrada em relação aos gugs, pois não sabem discriminá-los. Os ghasts são muito primitivos, e comem uns aos outros. Os gugs mantêm um vigia em uma passagem estreita nas catacumbas de Zin, mas esse guarda vive dormindo e, às vezes, é surpreendido por um bando de ghasts. Embora os ghasts não sobrevivam quando expostos à luz, conseguem suportar o crepúsculo cinzento do abismo por horas a fio.

Por fim, com muita cautela, Carter começou a rastejar pelas intermináveis tocas com três prestativos ghouls que carregavam a lápide de ardósia do Coronel Nehemiah Derby, falecido em 1719 e enterrado no cemitério da rua Charter, em Salem. Quando voltaram a emergir, na superfície crepuscular, viram-se rodeados por uma floresta de enormes monolitos cobertos de líquen se erguendo muito além do que alcançava o olhar e formando os modestos túmulos dos gugs. À direita da toca por onde haviam se esgueirado, visível em meio aos corredores de monolitos, descortinava-se uma estupenda paisagem de colossais torres circulares que se elevavam infinitamente na atmosfera cinzenta da Terra interior. Aquela era a grande cidade dos gugs, cujas portas medem nove metros de altura. Os ghouls visitam frequentemente aquele lugar, já que um gug enterrado pode alimentar uma comunidade inteira por cerca de um ano e, mesmo com todos os perigos, é preferível desenterrar gugs a perder tempo com as tumbas dos homens. Agora Carter compreendia os ocasionais ossos gigantescos que sentira sob os pés no vale de Pnath.

Logo em frente, próximo à saída do cemitério, erguia-se um despenhadeiro vertical em cuja base se escancarava a boca de uma imensa e ameaçadora caverna. Os ghouls haviam prevenido Carter de que a evitasse tanto quanto possível, pois se tratava da entrada para as profanas catacumbas de Zin, onde os gugs caçam ghasts na escuridão. E, de fato, o aviso foi imediatamente justificado, pois, no instante em que um dos ghouls começou a rastejar rumo às torres para ver se a hora prevista para o repouso dos gugs estava correta, em meio à escuridão na boca da enorme caverna surgiu o brilho de um par de olhos vermelho-amarelados, seguido logo de outro, indicando que os gugs estavam com um vigia a menos, e que os ghasts tinham um excelente faro. Então, o ghoul retornou à toca e sinalizou aos companheiros que mantivessem silêncio. Seria melhor deixar os ghasts entregues à própria sorte, já que havia a possibilidade de que se afastassem em breve, pois, naturalmente, estariam cansados com a luta contra o vigia dos gugs no interior das sombrias catacumbas. Momentos depois, algo do tamanho de um pequeno cavalo surgiu saltitante no crepúsculo cinzento, e Carter ficou nauseado diante da aparência daquela besta escabrosa e mórbida, cujo semblante era curiosamente humano, apesar da ausência de um nariz, uma testa e outros detalhes importantes.

No mesmo instante, outros três ghasts saíram saltitando para se juntar a seu companheiro, e um dos ghouls guinchou aos sussurros para Carter que a ausência de cicatrizes de batalha era um mau sinal: provava que os ghasts não haviam lutado contra o vigia dos gugs, apenas haviam passado em silêncio por ele enquanto dormia, então suas forças e selvageria continuavam intactas, assim permanecendo até que encontrassem e matassem uma vítima. Era muito desagradável ver aqueles animais imundos e desproporcionais, que logo somariam quinze no total, cavoucando e saltitando como cangurus de um lado para o outro no crepúsculo cinzento onde torres e monolitos gigantes se erguiam — porém era ainda mais desagradável quando falavam entre si usando os tossidos guturais dos ghasts. No entanto, por mais horrorosos que fossem, não eram tão horrendos quanto o que logo emergiu da caverna com uma imprevisibilidade desconcertante.

Tratava-se de uma pata com setenta centímetros de largura e garras descomunais. Seguiu-a outra pata e, depois, um enorme braço peludo e negro, ao qual se ligavam ambas as patas por meio de curtos antebraços. Dois olhos rosados cintilaram, então, e a cabeça do vigia dos gugs, imensa como um barril, surgiu à vista de todos. Seus olhos se projetavam para fora das órbitas, cinco centímetros de cada lado, e eram envoltos por protuberâncias ósseas recobertas de pelos grossos. Mas a cabeça era especialmente terrível por conta da boca, que tinha enormes presas amarelas e se abria de cima a baixo da cabeça, no sentido vertical.

Entretanto, antes que o desafortunado gug pudesse emergir da caverna e erguer seus seis metros de altura, os vingativos ghasts já estavam sobre ele. Por um momento, Carter temeu que ele pudesse dar algum alarme e despertar todos os companheiros, mas um ghoul lhe guinchou aos sussurros que os gugs não tinham voz, comunicando-se com expressões faciais. A batalha que se seguiu então foi pavorosa. De todos os lados, os peçonhentos ghasts investiam fervorosamente contra o gug rastejante, mordendo-o, lacerando-o com os focinhos e o mutilando fatalmente com seus cascos duros e pontudos. Tossiam excitados o tempo todo, gritando quando a enorme bocarra vertical do gug apanhava ocasionalmente um deles, a tal ponto que o barulho da luta certamente teria despertado a cidade adormecida se o enfraquecimento do vigia não tivesse levado o combate cada vez mais para o fundo da caverna. De certo modo, o tumulto logo recuou por completo na escuridão, e apenas ecos ocasionais davam sinais de sua continuidade.

Então, o mais alerta dos ghouls fez sinal para que todos avançassem, e Carter seguiu os três companheiros saltitantes para fora da floresta de monolitos na direção das sombrias e fétidas ruas daquela horrorosa cidade, cujas torres redondas de rocha ciclópica se erguiam a alturas além da vista. Silenciosamente, eles avançaram com dificuldade pelo pavimento irregular de pedra, ouvindo com repugnância os roncos abafados que indicavam o sono dos gugs por detrás das enormes portas negras. Apreensivos com o fim iminente da hora de descanso, os ghouls apertaram o passo; mesmo assim, a jornada era longa, pois as distâncias naquela cidade de gigantes se medem em grande escala. Contudo, por fim, chegaram a um espaço mais ou menos aberto, diante de uma torre ainda mais monumental do que as outras, em cuja porta agigantada se encontrava um monstruoso símbolo em baixo-relevo que provocaria calafrios a qualquer um, mesmo sem saber seu significado. Era a torre central com o sinal de Koth, e os enormes degraus de pedra, quase ocultos pela escuridão do interior, eram o princípio da grande escadaria que levava às terras oníricas superiores e ao Bosque Encantado.

Começava, então, uma subida interminável em meio à treva absoluta, algo quase impossível em razão do tamanho monstruoso dos degraus, feitos para os gugs e, por isso, medindo quase um metro de altura. Quanto ao número de degraus, Carter sequer poderia fazer qualquer estimativa, pois logo ficou tão exausto que os incansáveis e elásticos ghouls foram obrigados a ajudá-lo. Durante toda a interminável subida, o perigo de serem descobertos e caçados esteve à espreita, pois, embora nenhum gug se atreva a erguer o alçapão de pedra que dá na floresta, por causa da maldição dos Grandes Deuses, não havia nenhuma restrição ao interior da torre e às escadas, e os ghasts em fuga são frequentemente perseguidos até o topo. Os gugs têm a audição tão apurada que até mesmo os pés descalços e as mãos dos alpinistas poderiam ser imediatamente ouvidos, assim que a cidade acordasse; e seria certamente preciso pouquíssimo tempo para que os gigantes de passadas largas — acostumados a enxergar no escuro devido às caçadas aos ghasts nas catacumbas de Zin — alcançassem as vítimas menores e mais lentas naqueles degraus ciclópicos. Era muito deprimente pensar que os silenciosos gugs sequer seriam ouvidos, chegando de maneira súbita e chocante na escuridão e investindo contra os exploradores. Tampouco poderiam dispor do tradicional medo que os gugs têm dos ghouls naquele lugar peculiar, onde os primeiros levavam flagrante vantagem. Também havia o perigo dos furtivos e peçonhentos ghasts, que com frequência adentravam a torre durante o sono dos gugs. Se os gugs dormissem por tempo o bastante e os ghasts retornassem logo do combate na caverna, o cheiro dos alpinistas seria percebido por aquelas coisas odiosas e malévolas e, nesse caso, seria quase melhor ser devorado por um gug.

Então, depois de éons de subida, ouviu-se uma tosse na escuridão mais acima, e a situação tomo um rumo gravíssimo e inesperado.

Ficou claro que um ghast, ou talvez mais de um, entrara na torre antes da chegada de Carter e seus guias e, igualmente claro, que o perigo estava muito próximo. Depois de um segundo sem respirar, o ghoul que os liderava empurrou Carter para a parede e dispôs seus semelhantes da melhor forma possível, com a velha lápide de ardósia erguida, pronta para um golpe esmagador assim que um inimigo aparecesse. Como os ghouls enxergam no escuro, o grupo não se encontrava em uma situação tão ruim quanto se encontraria Carter caso estivesse sozinho. Pouco depois, o barulho de cascos anunciou a descida aos saltos de pelo menos uma fera, e os ghouls prepararam sua arma para um golpe desesperado. Imediatamente, surgiram dois olhos vermelho-amarelados, e a respiração do ghast se tornou audível em meio ao trotar dos cascos. Quando ele alcançou o degrau logo acima dos ghouls, eles manejaram a antiga lápide com uma força prodigiosa, de modo que se ouviu apenas um suspiro e um engasgo antes que a vítima desabasse em um amontoado peçonhento. Parecia haver esse único animal e, após mais um momento de minuciosa atenção, os ghouls cutucaram Carter, indicando-lhe que prosseguisse. Como antes, viram-se obrigados a ajudá-lo, e ele ficou muito satisfeito ao deixar aquele lugar de carnificina, onde os nauseantes restos mortais do ghast se espalhavam invisíveis na escuridão.

Por fim, os ghouls interromperam a subida e, tateando acima da cabeça, Carter percebeu que o grupo alcançara finalmente o grande alçapão de pedra. Abrir algo tão imenso por completo estava fora de cogitação, mas os ghouls tinham a esperança de usar a lápide como alavanca, possibilitando a Carter escapar pela fresta. Depois, planejavam descer novamente e retornar através da cidade dos gugs, já que sua capacidade de dissimulação era enorme, e não conheciam o caminho pela superfície até a espectral Sarkomand, onde leões guardam a passagem para o abismo.

Imponente foi o esforço daqueles três ghouls para erguer a pedra do alçapão, e Carter os ajudou a empurrá-la com todas as forças de que dispunha. Julgaram que o lado próximo ao topo da escada fosse o correto, e aplicaram todo o vigor de seus músculos nutridos vergonhosamente naquele ponto. Após alguns instantes, surgiu uma fenda de luz, e Carter, a quem atribuíram tal tarefa, deslizou a extremidade da velha lápide na abertura. Seguiu-se então um esforço intenso, porém o progresso foi muito vagaroso, sendo necessário voltar à posição inicial a cada tentativa fracassada de erguer a lápide e abrir o portal.

De repente, o desespero foi amplificado em mil vezes por um som nos degraus abaixo deles. Tudo não passava das pancadas e batidas causadas pelo corpo do ghast morto rolando até os níveis inferiores; no entanto, as possíveis causas para seu deslocamento eram todas absolutamente preocupantes. Por isso, conhecendo os hábitos dos gugs, os ghouls se empenharam freneticamente e, depois de um surpreendentemente curto intervalo de tempo, haviam elevado o alçapão a uma altura considerável, sendo até mesmo capazes de segurá-lo para que Carter girasse a lápide para deixar uma fresta generosa. Em seguida, ajudaram-no a transpô-la, permitindo que subisse em seus ombros borrachentos e, depois, guiando seus pés até que Carter se agarrasse ao solo abençoado das terras oníricas superiores, que se estendiam do lado de fora. No instante seguinte, os próprios ghouls se encontravam do outro lado, derrubando a lápide e fechando o enorme alçapão no momento exato em que se começava a ouvir uma respiração logo abaixo. Em virtude da maldição dos Grandes Deuses, um gug jamais atravessaria aquele portal, por isso, foi com profundo alívio e uma sensação de tranquilidade que Carter se deitou nos espessos e grotescos fungos do Bosque Encantado enquanto os guias se agachavam uns ao lado dos outros na costumeira postura de repouso dos ghouls.

Por mais estranho que fosse o Bosque Encantado, por ele explorado em tempos remotos, o local se revelava agora um porto seguro e um deleite em comparação aos abismos que Carter deixara para trás. Não havia uma única criatura viva ao redor, já que os zoogs evitavam o local com medo da porta misteriosa, e logo Carter consultou os ghouls acerca do curso a seguir. Eles não se atreveriam a retornar pela torre, porém o mundo desperto não lhes pareceu uma alternativa desejável quando souberam que teriam de passar pelos sacerdotes Nasht e Kaman-Thah na caverna de fogo. Então, finalmente decidiram atravessar Sarkomand e o portão até o abismo, embora não tivessem ideia de como chegar até lá. Carter se lembrou de que a cidade está situada no vale abaixo de Leng, e também de que em Dylath-Leen havia visto um velho mercador de olhos oblíquos e aspecto sinistro que tinha fama de ter negócios em Leng. Então, Carter aconselhou os ghouls a procurar Dylath-Leen, atravessando os campos até Nir e o rio Skai, seguindo seu curso até a foz. A sugestão foi aceita imediatamente, e os ghouls, sem perder tempo, partiram saltitantes, já que a chegada do crepúsculo prometia uma noite inteira de viagem à frente. Carter apertou as garras daquelas feras repugnantes, agradecendo-lhes a ajuda e pedindo que transmitissem sua gratidão à fera que no passado fora Pickman; mas não conseguiu evitar um suspiro de prazer quando eles se afastaram. Afinal, um ghoul é um ghoul e, na melhor das hipóteses, um companheiro desagradável para os homens. Depois, Carter saiu à procura de um lago no bosque para lavar a lama da Terra interior, voltando a vestir as roupas que transportara com tanto cuidado.

Mesmo já tendo caído a noite naquele tenebroso bosque de árvores monstruosas, a fosforescência lhe permitia viajar como se fosse dia; assim, Carter tomou a famosa estrada de Celephais em Ooth-Nargai, além das Colinas Tanarianas. Ao longo do caminho, pegou-se pensando na zebra que deixara amarrada a um freixo em Ngranek, na distante Oriab, tantos éons atrás, e se perguntava se algum catador de lava a teria soltado e alimentado. Também pensou se algum dia retornaria a Baharna para pagar pela zebra assassinada à noite nas antigas ruínas às margens do Yath, e se o velho dono da taverna se lembraria dele. Esses eram os pensamentos que passavam por sua mente na atmosfera das reconquistadas terras oníricas superiores.

Nesse instante, porém, a caminhada de Carter foi interrompida por um som vindo de uma enorme árvore oca. Ele evitara o grande círculo de pedras, já que não fazia questão nenhuma de falar com os zoogs naquele momento; porém, o forte bater de asas naquela imensa árvore parecia indicar que importantes conselhos estavam reunidos em outro lugar. Ao se aproximar mais, Carter percebeu as entonações de um tenso e acalorado debate e, pouco tempo depois, inteirou-se de assuntos que lhe trouxeram muita preocupação, pois uma guerra contra os gatos estava sendo discutida na assembleia soberana dos zoogs. Tudo por causa da perda do grupo que seguira Carter até Ulthar, cujos membros haviam sido punidos rigorosamente pelos gatos por suas más intenções. O assunto havia sido motivo de animosidades há muito tempo e, naquele mesmo instante — ou em no máximo um mês — os zoogs começavam a se preparar para investir contra toda a tribo felina em uma série de ataques surpresa, incluindo emboscadas a gatos sozinhos e a grupos de gatos desprevenidos, sem dar qualquer chance de improvisação ou deslocamento por parte dos felinos. Esse era o plano dos zoogs, e Carter se deu conta de que precisaria frustrá-lo antes de prosseguir em sua importante busca.

Por isso, Randolph Carter se esgueirou no mais absoluto silêncio até o limite do bosque e emitiu o chamado dos gatos pelos campos iluminados de estrelas. Um grande gato cinzento em um casebre próximo captou o chamado e o retransmitiu por léguas de pradarias a guerreiros grandes e pequenos, pretos, cinzentos, listrados, brancos, amarelos e malhados, ecoando por Nir e para além do rio Skai, até chegar em Ulthar, onde os numerosos felinos da região o repetiram em coro e se reuniram em marcha. Por sorte, a lua ainda não surgira, pois assim todos os gatos estavam na Terra. Com saltos ligeiros e silenciosos, eles pularam de cada lareira e de cada telhado e fluíram em um mar felpudo pelas planícies até o limite do bosque. Carter estava lá para saudá-los, e a visão dos elegantes e saudáveis gatos foi realmente agradável aos seus olhos depois das coisas que vira e acompanhara no abismo. Estava feliz por ver o venerável amigo e antigo salvador à frente do destacamento de Ulthar, com uma coleira de patente ao redor do lustroso pescoço e os bigodes eriçados em um ângulo marcial. Melhor ainda porque o subtenente do exército era o jovem felino a quem Carter oferecera um delicioso pires de leite cremoso naquela longínqua manhã em Ulthar. Havia então se tornado um gato forte e promissor, e ronronou ao apertar a mão do amigo. O avô disse que o jovem estava se saindo muito bem no exército e seria promovido a capitão após mais uma campanha.

    Carter relatou os perigos que a tribo dos gatos corria e foi recompensado com um profundo ronronar de gratidão vindo de todos os lados. Depois de consultar os generais, preparou um plano de ação urgente, que envolvia marchar imediatamente contra o conselho e outras fortalezas conhecidas dos zoogs, impedindo-os que atacassem de surpresa e os obrigando a chegar a um acordo antes que o exército se mobilizasse para a invasão. Sem perder um segundo, o enorme oceano de gatos inundou o Bosque Encantado e cercou a árvore do conselho e o grande círculo de pedra. O bater de asas se transformou em pânico quando o inimigo percebeu a aproximação dos recém-chegados, havendo pouca resistência entre os furtivos e curiosos zoogs. Eles perceberam que haviam sido derrotados antes mesmo do início do combate, e logo os pensamentos de vingança deram lugar aos pensamentos de autopreservação.

Agora, metade dos gatos se sentava em círculo com os zoogs capturados no centro, deixando aberto um corredor por onde marchavam os prisioneiros adicionais capturados pelos outros gatos em diferentes pontos do bosque. Discutiram-se os termos do acordo exaustivamente, com Carter atuando como intérprete, e ficou decidido que os zoogs poderiam continuar a ser uma tribo livre desde que pagassem aos gatos um generoso tributo anual de tetrazes, codornas e faisões das partes menos fantásticas da floresta. Doze zoogs jovens de famílias nobres foram tomados como reféns e mandados para o Templo dos Gatos, em Ulthar, e os vitoriosos deixaram claro que qualquer desaparecimento felino próximo à fronteira teria consequências altamente desastrosas para os zoogs. Uma vez discutidas essas questões, os gatos reunidos se dispersaram, permitindo aos zoogs que retornassem para casa às pressas, com muitos olhares ressentidos para trás.

Então, o velho gato general ofereceu a Carter uma escolta para acompanhá-lo pela floresta a qualquer fronteira que desejasse alcançar, por julgar provável que os zoogs fossem nutrir um terrível ressentimento pela frustração de sua empreitada bélica. A oferta foi aceita com gratidão; não apenas pela segurança que oferecia, como também porque ele gostava da graciosa companhia dos gatos. Assim, no meio de um regimento agradável e brincalhão, relaxado depois do cumprimento do dever, Randolph Carter caminhou com dignidade através do encantado e fosforescente bosque de gigantescas árvores enquanto conversava sobre sua busca com o velho general e o neto e os demais gatos do bando se entregavam a divertidas brincadeiras ou corriam atrás das folhas soltas que o vento soprava entre os fungos do solo primitivo. E o velho gato disse que ouvira muitas coisas sobre a desconhecida Kadath na desolação gelada, mas não sabia onde ela se situava. Quanto à maravilhosa cidade ao pôr do sol, jamais tinha ouvido falar a respeito, mas avisaria Carter de bom grado caso mais tarde descobrisse alguma coisa.

O gato também revelou ao explorador algumas senhas de grande valor entre os felinos das terras oníricas e o recomendou ao velho chefe dos gatos em Celephais, para onde se dirigia. Esse velho gato, de quem Carter já se sentia um pouco íntimo, era um imponente maltês, e seria muitíssimo influente em qualquer transação. Começava a amanhecer quando chegaram ao limite do bosque, e Carter se despediu relutante de seus amigos. O jovem subtenente, que conhecera ainda filhote, teria o acompanhado se o velho general não o tivesse proibido, mas o austero patriarca insistiu que era seu dever permanecer com a tribo e o exército. Carter, então, partiu sozinho pelos campos dourados que se estendiam misteriosos próximo à margem de um rio circundada por salgueiros, e os gatos retornaram ao bosque.

O viajante conhecia bem as terras ajardinadas que se estendiam entre o bosque e o Mar Cereneriano, e seguiu despreocupado as águas cantantes do rio Oukranos, que lhe indicavam o caminho. O sol se elevava cada vez mais nas suaves encostas de arvoredos e pradarias, realçando as cores dos milhares de flores que salpicavam os outeiros e vales. Uma névoa abençoada pairava sobre toda essa região, onde se concentra mais luz solar do que nos demais lugares e um pouco mais da sussurrante música estival de pássaros e abelhas; assim, os homens a atravessam como se fosse uma terra encantada, sentindo um júbilo e um deslumbramento infinitamente maiores do que seria possível se lembrar mais tarde.

Perto do meio-dia, Carter chegou aos terraços de jaspe de Kiran, que se inclinam até as margens do rio e abrigam o encantador templo visitado uma vez por ano pelo rei de Ilek-Vad, vindo de seu longínquo reino no mar crepuscular em uma liteira de ouro, para rezar ao deus de Oukranos, que cantava para ele ainda jovem quando morava em um casebre às margens do rio. Esse templo inteiramente de jaspe maciço cobre uma área de um acre, com seus muros e pátios, sete torres com pináculos e o santuário interno, onde o rio entra por canais ocultos e o deus canta suavemente à noite. Muitas vezes, a lua escuta uma estranha música ao brilhar sobre aqueles pátios, terraços e pináculos, porém, se essa música é a canção do deus ou o canto dos sacerdotes secretos, apenas o rei de Ilek-Vad pode dizer, pois é o único a ter entrado no templo ou visto os sacerdotes. Agora, em meio à sonolência do dia, o delicado templo esculpido permanecia em silêncio, e Carter ouvia apenas o murmúrio do grande rio e o zumbido de pássaros e abelhas, enquanto seguia viagem sob o sol encantado.

 Durante toda aquela tarde, o peregrino perambulou em meio a pradarias perfumadas e se abrigou do vento atrás das suaves colinas que dão para o rio, que ostentam pacíficos casebres cobertos de palha e templos em honra a amigáveis deuses entalhados em jaspe ou crisoberilo. Às vezes, caminhava próximo à margem do Oukranos e assobiava para os vivazes e iridescentes peixes daquelas águas cristalinas e, em outras, parava entre os juncos sussurrantes para contemplar o bosque escuro na outra margem, cujas árvores chegavam até a beira d'água. Em sonhos antigos, Carter vira estranhos e desajeitados buopoths saírem timidamente daquele bosque para beber, mas agora não vislumbrava nenhum. De vez em quando, parava para observar um peixe carnívoro capturar uma ave pesqueira atraída à água por suas escamas tentadoras, prendendo o bico da presa na enorme bocarra quando a caçadora alada tentava se lançar sobre ele.

 Ao cair da tarde, ele subiu uma encosta com grama baixa e viu diante de si os mil pináculos dourados de Thran flamejando ao pôr do sol. Os muros de alabastro daquela incrível cidade se elevavam além do verossímil, inclinando-se em direção ao topo e se fundindo em uma única peça de modo que ninguém saberia explicar, pois tais construções são mais antigas do que a memória. Entretanto, por mais elevados que fossem, com sua centena de portões e duzentos torreões, os campanários internos sob os pináculos dourados se erguem ainda mais alto, e os homens da planície ao redor os veem subir vertiginosos rumo ao céu, às vezes brilhando nítidos, às vezes emaranhados pelas nuvens e pela névoa, ou ainda com a base encoberta e a extremidade dos pináculos ardendo livre, acima dos vapores. E, no ponto onde os portões de Thran se abrem para o rio, veem-se grandes cais de mármore, com decorados galeões de cedro perfumado e coromandel[3] ondulando suavemente, estranhos marinheiros barbados sentados em barris e fardos marcados com os hieróglifos de terras distantes. Em direção ao continente para além dos muros se estende o campo, em que pequenos casebres brancos sonham em meio a baixas colinas e caminhos estreitos com inúmeras pontes de pedra que serpenteiam graciosamente por entre riachos e jardins.

Carter caminhou por essa terra verdejante ao entardecer e viu o crepúsculo flutuar rio acima, até os deslumbrantes pináculos dourados de Thran. E, no exato instante em que o sol se punha, ele chegou ao portão sul, foi parado por um vigia de manto vermelho e obrigado a narrar três sonhos inacreditáveis, provando assim ser um sonhador digno de percorrer as íngremes e misteriosas ruas de Thran e se demorar nos bazares que vendiam as mercadorias dos galeões decorados. Carter adentrou então a incrível cidade, por um muro tão espesso que o portão mais parecia um túnel, seguindo depois por caminhos curvos e ondulantes que ziguezagueavam por entre as altas torres. Luzes brilhavam através de janelas com grades e balcões, e o som de alaúdes e flautas se esgueirava timidamente de pátios internos onde borbulhavam fontes de mármore. Carter conhecia o caminho e avançou pelas ruas escuras em direção ao rio, onde, em uma antiga taverna portuária, encontrou os capitães e marinheiros que conhecera em inúmeros outros sonhos. Comprou então a passagem para Celephais em um enorme galeão verde e passou a noite em uma estalagem, depois

---

3 Madeira de lei nativa da Índia e do Sri Lanka. (N. do T.)

de conversar seriamente com o venerável gato da pousada, que cochilava diante de uma enorme lareira, sonhando com antigas guerras e deuses esquecidos.

Pela manhã, Carter embarcou no galeão com destino a Celephais e se sentou na proa enquanto as amarras para que a longa viagem pelo Mar Cereneriano tivesse início eram soltas. Por muitas léguas, as margens do rio continuaram muito parecidas com as de Thran, interrompidas de vez em quando por algum curioso templo se elevando à direita nas colinas mais distantes, ou por um sonolento vilarejo repleto de telhados vermelhos e redes estendidas ao sol. Ciente de sua busca, Carter questionava meticulosamente todos os marinheiros acerca de quem eles haviam encontrado nas tavernas de Celephais, indagando-lhes o nome e os costumes dos estranhos homens de olhos alongados e estreitos, orelhas de lóbulos compridos, narizes finos e queixos pontudos que chegavam do norte em navios escuros e trocavam ônix por jade entalhado, meadas de ouro e pássaros canoros vermelhos de Celephais. Sobre tais homens os marinheiros sabiam apenas que falavam pouco e pareciam espalhar uma estranha aura de espanto ao redor.

A terra deles, muito distante, chamava-se Inganok, e pouca gente tinha interesse em visitá-la, já que era uma terra fria e crepuscular, que diziam ser próxima ao inóspito platô de Leng, embora fosse possível que Leng ficasse ao lado de uma intransponível cadeia de montanhas; por isso, ninguém sabia afirmar com certeza se esse perverso platô com horrendos vilarejos de pedra e um funesto monastério realmente existia, ou se os boatos eram apenas um temor noturno que os mais tímidos sentiam, provocado pela visão da formidável barreira formada pelas montanhas negras com a lua ao fundo. Certamente, os homens chegavam a Leng vindo dos mais diversos oceanos. Quanto às outras fronteiras de Inganok, os homens não faziam a mínima ideia, tampouco haviam ouvido relatos sobre a desolação gelada e a desconhecida Kadath, a não ser boatos imprecisos. Em relação à maravilhosa cidade ao pôr do sol que Carter buscava, nada sabiam. Então, o viajante parou com as perguntas sobre lugares longínquos, aguardando até que pudesse conversar com os estranhos homens da fria e crepuscular Inganok, os descendentes dos deuses esculpidos em Ngranek.

Ao fim do dia, o galeão alcançou o ponto em que as curvas do rio atravessam as perfumadas selvas de Kled. Carter queria desembarcar ali, já que em meio àqueles trópicos repousam maravilhosos palácios de marfim, solitários e intactos, onde outrora viveram monarcas de uma terra cujo nome foi esquecido. Feitiços dos Anciãos mantêm esses lugares protegidos e conservados, pois está escrito que um dia ainda podem ser necessários, e caravanas de elefantes já os entreviram reluzindo ao luar, embora ninguém se atreva a chegar perto em virtude dos guardiões, responsáveis por sua integridade. Mas o navio continuou a navegar, o entardecer silenciou o zumbido diurno e as primeiras estrelas piscaram em resposta aos vaga-lumes temporãos às margens, ao passo que se afastavam da selva, deixando apenas um rastro de perfume como lembrança de que haviam existido. E, durante toda a noite, o galeão flutuou sobre mistérios despercebidos e jamais imaginados. A certa altura, um vigia reportou fogo nas colinas a leste, mas o sonolento capitão disse que seria melhor não olhar com muita atenção, uma vez que ninguém sabia exatamente quem ou o quê teria começado o incêndio.

De manhã, o rio alargara bastante e, pelas casas ao longo da margem, Carter viu que estavam próximos à cidade comercial de Hlanith, no Mar Cereneriano. Ali, os muros da cidade eram de granito bruto, e as casas ostentavam telhados fantasticamente pontiagudos e empenas rematadas por vigas e gesso. De todas as terras oníricas, os homens de Hlanith são os mais semelhantes aos homens do mundo desperto, por isso, a cidade não é procurada apenas pelo comércio, e sim em razão do sólido trabalho de seus artesãos. Os cais de Hlanith são de carvalho, e o galeão permaneceu amarrado ali enquanto o capitão negociava nas tavernas. Carter também desembarcou, e examinou com curiosidade as ruas sulcadas por onde se arrastavam carros de boi e comerciantes fervorosos anunciavam seus produtos nos bazares de forma inexpressiva. Todas as tavernas à beira-mar se situavam próximo aos cais, em ruelas com calçamento de pedra, salgado pela espuma das marés altas, e pareciam antiquíssimas em virtude dos tetos baixos com vigas escurecidas e dos caixilhos das claraboias com vidros esverdeados. Nessas tavernas, os marinheiros mais velhos falavam constantemente sobre portos distantes e contavam muitas histórias sobre os curiosos homens da crepuscular Inganok, mas tinham pouco a acrescentar ao que os marujos do galeão haviam contado. Então, finalmente, depois de muita carga e descarga, o navio mais uma vez zarpou no mar ao pôr do sol, e os muros altos e as empenas de Hlanith se perderam no horizonte, até que o último raio dourado do dia lhes conferisse um encanto e beleza muito além do que que os homens haviam lhe proporcionado.

Durante duas noites e dois dias, o galeão singrou as águas do Mar Cereneriano, sem nenhuma terra à vista e sem cruzar com nenhuma embarcação. Contudo, ao entardecer do segundo dia, avistou-se diante do navio o pico nevado de Aran com as árvores de ginkgo balançando em suas encostas mais baixas, e Carter soube então que haviam chegado a Ooth-Nargai e à maravilhosa cidade de Celephais. Logo surgiram os cintilantes minaretes do fabuloso vilarejo, as imaculadas muralhas de mármore com suas estátuas de bronze e a grande ponte de pedra onde o rio Naraxa se junta ao mar. Em seguida, as suaves colinas verdejantes se elevavam atrás do vilarejo, com seus bosques, jardins de asfódelos, pequenos templos e casebres; ao fundo, a cordilheira púrpura das Tanarianas, potente e mística, depois da qual se escondem acessos proibidos ao mundo desperto e a outras regiões oníricas.

O porto estava repleto de galeões pintados, alguns dos quais vindos da enevoada cidade de mármore de Serannian, localizada no espaço etéreo onde o mar encontra o céu, ao passo que outros vinham de portos mais tangíveis das terras oníricas. Em meio a estes últimos, o timoneiro abriu caminho até os cais aromatizados de especiarias, para, enfim, atracar o navio ao entardecer, quando os milhões de luzes da cidade começaram a piscar sobre a superfície da água. Sempre renovada parecia essa cidade imortal das visões, que o tempo é incapaz de macular ou destruir. Como sempre foi, continua a ser a turquesa de Nath-Horthath, e os oitenta sacerdotes com as frontes recobertas por orquídeas são os mesmos que a erigiram dez mil anos atrás. Ainda brilha o bronze dos enormes portões, e os calçamentos de ônix jamais se desgastam ou quebram. E as grandes estátuas de bronze no alto dos muros observam comerciantes e condutores de camelos mais antigos do que as fábulas, contudo, sem um único fio grisalho nas barbas bifurcadas.

Carter não saiu imediatamente à procura do templo, do palácio ou da cidadela, permaneceu junto ao quebra-mar, entre os marinheiros e comerciantes. E, quando ficou tarde demais para boatos e lendas, procurou uma antiga taverna que conhecia bem e descansou, sonhando com os deuses da desconhecida Kadath, que procurava. No dia seguinte, vasculhou todos os cais em busca dos estranhos marinheiros de Inganok, mas soube que não estavam no porto e que sua galé só chegaria do Norte dali duas semanas. Descobriu, no entanto, um marujo thoraboniano que estivera em Inganok e trabalhara nas minas daquelas regiões crepusculares; e esse marinheiro afirmou haver com toda certeza um deserto ao norte da área povoada, e que todos pareciam temê-lo e evitá-lo. O thoraboniano acreditava que o deserto avançava até a borda extrema dos picos intransponíveis que cercavam o terrível platô de Leng e que, por isso, os homens temiam aquele lugar, apesar de também admitir existirem outras histórias imprecisas sobre presenças malignas e vigias inomináveis. Se esse seria o deserto onde se ergue a desconhecida Kadath, o homem não sabia dizer, mas parecia improvável que, se de fato existisse, essas presenças e vigias estivessem a postos sem motivo.

No dia seguinte, Carter subiu a rua dos Pilares até chegar

ao templo turquesa, e conversou com o Sumo Sacerdote. Embora Nath-Horthath seja o deus mais reverenciado em Celephais, todos os Grandes Deuses são mencionados nas preces diurnas, e o sacerdote conhece razoavelmente bem o temperamento de todos. Assim como Atal já o fizera na distante Ulthar, o sacerdote o aconselhou fortemente contra qualquer projeto de vê-los, declarando que os deuses são irritadiços e caprichosos, tendo, além disso, a proteção dos irracionais Outros Deuses do Além, cujo espírito e mensageiro é o caos rastejante Nyarlathotep. O ciúme que demonstraram ao ocultar a maravilhosa cidade ao pôr do sol indicava claramente que não desejavam que Carter a encontrasse, e não se sabia ao certo como iriam encarar um visitante cujo propósito era vê-los para lhes fazer pedidos. Nenhum homem jamais encontrara Kadath no passado, e poderia muito bem acontecer que ninguém a encontrasse no futuro. Os rumores que circulavam a respeito do castelo de ônix dos Grandes Deuses não eram, de forma nenhuma, reconfortantes.

Depois de agradecer ao Sumo Sacerdote coroado de orquídeas, Carter deixou o templo e se dirigiu ao bazar dos açougueiros de ovelhas, onde o velho chefe dos gatos de Celephais morava, lustroso e contente. Esse ser cinzento e solene tomava sol no calçamento de ônix e estendeu languidamente a pata quando o visitante se aproximou. Contudo, quando Carter repetiu as senhas e apresentações fornecidas pelo velho general de Ulthar, o felpudo patriarca adotou uma postura muito cordial e comunicativa, falando sobre o folclore secreto dos gatos que habitam as encostas voltadas para o mar em Ooth-Nargai. Melhor ainda, repetiu várias histórias que os tímidos gatos no quebra-mar de Celephais lhe contaram à surdina sobre os homens de Inganok, em cujos navios escuros nenhum gato embarca.

Parece que esses homens têm uma aura não terrestre ao seu redor, embora não seja este o motivo por que nenhum gato se atreva a embarcar em seus barcos. A razão para isso é o fato de Inganok conter sombras que nenhum gato consegue tolerar, de modo que, em todo aquele frio reino crepuscular, jamais se escuta um ronronar animador ou um simples miado. Quer seja pelas coisas que sopram através dos intransponíveis picos do hipotético Leng ou por aquelas que se infiltram do deserto gelado ao norte, ninguém sabe dizer; porém, não há como negar que sobre aquela terra distante paira algo vindo do espaço sideral que em nada agrada aos felinos, e ao qual são mais sensíveis do que os homens. Por isso, os gatos não embarcam nos navios escuros que rumam para os portos basálticos de Inganok.

O velho chefe dos gatos também lhe revelou onde encontrar seu amigo, o rei Kuranes, que, nos sonhos mais recentes de Carter, reinara alternadamente no Palácio das Setenta Delícias, de cristal rosado, em Celephais, e no castelo de nuvens guarnecido por torreões, na flutuante Serannian. Parece que o rei não conseguia mais se contentar com esses lugares, e passara a sentir um profundo desejo de retornar aos despenhadeiros e planícies inglesas da infância, onde, em sonolentos vilarejos da Inglaterra, as antigas canções surgem por trás das janelas treliçadas à noite e cinzentas torres de igrejas espiam encantadas por entre as folhagens de vales distantes. O rei não tinha como retornar aos prazeres do mundo desperto, já que seu corpo morrera, mas compensara a perda da melhor maneira possível, sonhando uma pequena região dessa terra campestre a leste da cidade, onde prados se estendiam graciosamente dos rochedos à beira-mar ao sopé das Colinas Tanarianas. Ali, ele morava em uma cinzenta mansão gótica de pedra, com vista para o mar, tentando se imaginar na antiga Trevor Towers, onde nascera e em que, treze gerações atrás, seus antepassados tinham visto a luz pela primeira vez. E, na costa próxima, construíra um pequeno vilarejo pesqueiro no estilo da Cornualha, repleto de calçadas íngremes; ali colocou pessoas com rostos ingleses e tentou lhes ensinar o querido sotaque dos antigos pescadores da região. Em um vale não muito distante, erguera uma enorme abadia normanda, cuja torre podia ver da janela, entalhando o nome dos ancestrais nas lápides cinzentas do cemitério, cobertas com um musgo similar ao encontrado na Velha Inglaterra. Pois, apesar de ser um monarca nas terras oníricas, com todas as imagináveis pompas, maravilhas, esplendores e belezas, êxtases e delícias, novidades e emoções ao seu comando, Kuranes renunciaria com alegria a seu poder, ao luxo e à liberdade em troca de um único abençoado dia como um simples menino naquela pura e pacata Inglaterra — a antiga e amada Inglaterra que formara seu ser e da qual seria uma parte imutável por todo o sempre.

Então, quando Carter se despediu do velho chefe dos gatos, não se dirigiu aos terraços do palácio de cristal rosa; ele saiu pelo portão oriental e atravessou os campos repletos de margaridas em direção a uma empena pontiaguda que vislumbrara por entre os carvalhos de um parque que se erguia acima dos rochedos à beira-mar. Depois de um tempo, chegou a uma grande sebe e a um portão com uma pequena guarita de tijolos e, quando tocou a campainha, não surgiu nenhum lacaio do palácio paramentado para recebê-lo, e sim um velhinho atarracado em um avental, fazendo um esforço imenso para imitar o estranho sotaque da distante Cornualha. Carter seguiu pelo caminho sombreado entre árvores semelhantes às da Inglaterra e subiu por terraços ajardinados dispostos como à época da rainha Anne. À porta, guardada por gatos de pedra à moda antiga, foi recebido por um mordomo com suíças trajando um uniforme adequado; ele prontamente o conduziu até a biblioteca, onde Kuranes, Senhor de Ooth-Nargai e do Céu ao redor de Serannian, estava sentado com um ar pensativo em uma cadeira próximo à janela. Olhava para o vilarejo costeiro e desejava que sua antiga governanta aparecesse para repreendê-lo por não estar pronto para a detestável festa ao ar livre na casa do vigário, com a carruagem à sua espera e a mãe com a paciência prestes a se esgotar.

Kuranes, vestido com um roupão do tipo preferido pelos alfaiates londrinos em sua juventude, ergueu-se para receber o convidado, pois a visão de um anglo-saxão vindo do mundo desperto lhe era muito cara, ainda que fosse um saxão de Boston,

Massachusetts, e não da Cornualha. E, por um bom período, os dois conversaram sobre os velhos tempos, pois tinham muita coisa a dizer, sendo ambos sonhadores de longa data, muito bem versados nas maravilhas de lugares incríveis. Kuranes, na verdade, estivera além das estrelas no vazio supremo, e se dizia que era o único a ter retornado são de uma viagem como essa.

Por fim, Carter mencionou o tema de sua busca e fez a seu anfitrião as mesmas perguntas que fizera a tantos outros. Kuranes não sabia onde ficava Kadath nem a maravilhosa cidade ao pôr do sol; mas sabia que os Grandes Deuses eram criaturas bastante perigosas, e que os Outros Deuses tinham estranhas maneiras de proteger esses locais da curiosidade impertinente. Aprendera muito sobre os Outros Deuses em áreas distantes do espaço, em particular na região onde formas não existem e gases coloridos estudam os segredos mais íntimos. O gás violeta S'ngac lhe dissera coisas terríveis sobre o caos rastejante Nyarlathotep, e o aconselhou a jamais se aproximar do vazio central onde o demônio sultão Azathoth rói faminto na escuridão.

De modo geral, não era uma boa ideia se intrometer com os Deuses Anciãos; e, se eles persistiam em negar acesso à maravilhosa cidade ao pôr do sol, o melhor a fazer era não procurá-la.

Além disso, Kuranes duvidava que seu visitante pudesse se beneficiar de qualquer coisa com tal busca, mesmo que conseguisse chegar à cidade. Por anos, ele próprio sonhara e ansiara pela adorável Celephais, pela terra de Ooth-Nargai, e também pela liberdade, pelas cores e pela grande experiência de uma vida livre de grilhões, convenções e futilidades. Agora, porém, depois de adentrar aquela cidade e aquela terra, e de ser sagrado rei, descobriu que a liberdade e a vivacidade se dissiparam cedo demais, dando lugar à monotonia, em virtude da falta de ligação com qualquer coisa sólida em seus sentimentos e memórias. Era o rei de Ooth-Nargai, mas não encontrava nenhum significado nisso e, no fim, sempre voltava aos velhos e familiares temas da Inglaterra, que moldaram sua juventude. Daria todo o seu reino em troca do ressoar dos sinos de igrejas da Cornualha através das colinas, e todos os mil minaretes de Celephais pelos telhados inclinados do vilarejo perto de seu antigo lar. Então, disse ao convidado que a desconhecida cidade ao pôr do sol talvez não oferecesse o contentamento que buscava, e que seria melhor continuar sendo um glorioso sonho lembrado apenas em parte; Kuranes visitara Carter muitas vezes nos antigos dias despertos e conhecia bem as adoráveis encostas da Nova Inglaterra onde o amigo nascera.

Afirmou, então, ter certeza de que o explorador, no fim, ansiaria apenas pelas cenas de que se lembrava há mais tempo: o brilho de Beacon Hill ao entardecer, os altos campanários e as ruas nas colinas da pitoresca Kingsport, os telhados duas águas da antiga e assombrada Arkham e os abençoados quilômetros de prados e vales, com seus muros de pedra dispersos e as empenas brancas de casas rústicas de fazenda que surgiam por entre os verdes caramanchões. Todas essas coisas disse Kuranes a Randolph Carter, mas o explorador permaneceu irredutível de seu propósito. E, no fim, ambos se despediram com as próprias convicções intactas, e Carter atravessou uma vez mais o portão de bronze rumo a Celephais, descendo a rua dos Pilares até o velho quebra-mar, onde conversou mais um pouco com os marinheiros de portos distantes e esperou o navio escuro da fria e crepuscular Inganok, em cujos marujos e comerciantes de estranhas feições corria o sangue dos Grandes Deuses.

Certa noite estrelada, quando o esplêndido farol brilhava sobre o porto, surgiu o tão esperado navio, e os marinheiros e comerciantes de rosto estranho começaram a aparecer um a um e, em seguida, em grupos, nas velhas tavernas ao longo do quebra-mar. Era muito excitante rever aqueles semblantes tão parecidos com os rostos divinos de Ngranek, porém Carter não se apressou para conversar com os taciturnos homens do mar. Não sabia em que medida o orgulho, os segredos ou as vagas e sobrenaturais lembranças teriam sido transmitidos aos descendentes dos Grandes Deuses, e sentia não ser prudente lhes revelar sua busca ou fazer perguntas muito específicas acerca do deserto gelado que se estende a norte da terra crepuscular onde habitam. Os homens de Inganok quase não falavam com os outros frequentadores daquelas velhas tavernas portuárias, reunindo-se em grupos nos cantos mais afastados e entoando as assombrosas árias de lugares desconhecidos, ou contando histórias uns para os outros em sotaques estranhos ao restante das terras oníricas. Tão incomuns e comoventes eram essas árias e histórias, que chegavam a sugerir maravilhas pela expressão daqueles que as ouviam, ainda que, aos ouvidos comuns, as palavras tivessem uma cadência estranha e uma melodia obscura.

Por uma semana, os estranhos marinheiros frequentaram as tavernas e negociaram nos bazares de Celephais e, antes que zarpassem, Carter conseguira um lugar no navio escuro, dizendo que era um velho mineiro de ônix que desejava trabalhar nas pedreiras de Inganok. O navio era muito bonito e fora habilmente construído em teca com acabamentos de ébano e arabescos de ouro; a cabine em que o viajante se instalou era decorada com tapeçarias de seda e veludo. Certa manhã, quando a maré começava a mudar, içaram as velas e levantaram a âncora e, no alto da proa do navio, Carter viu as muralhas flamejantes ao pôr do sol, as estátuas de bronze e os minaretes dourados da eterna Celephais se afundarem no horizonte, ao passo que o pico nevado do Monte Aran diminuía mais e mais. Por volta do meio-dia, nada restara à vista além do plácido azul do Mar Cereneriano, com uma galé pintada ao longe que se dirigia ao reino flutuante de Serannian, onde o mar encontra o céu.

Chegou a noite com suas belas estrelas, e o navio escuro se dirigiu às Ursas Maior e Menor, enquanto contornava o polo aos poucos. Os marinheiros cantaram estranhas músicas de lugares desconhecidos, e então se encaminharam um a um até o convés, enquanto os melancólicos vigias entoavam velhos cânticos, debruçados sobre a amurada para vislumbrar os peixes luminosos brincarem nos caramanchões submersos. Carter se recolheu à meia-noite e acordou com o brilho de uma manhã incipiente, logo percebendo que o sol parecia estar mais ao sul do que o esperado. E, durante todo o segundo dia, começou a conhecer melhor os homens da tripulação, convencendo-os aos poucos a falar de sua fria e crepuscular terra, da esplendorosa cidade de ônix e do medo que sentiam dos picos elevados e intransponíveis além dos quais dizia-se que se situava Leng. Disseram-lhe como lamentavam que nenhum gato permanecesse nas terras de Inganok, e que acreditavam que a proximidade oculta de Leng seria responsável por isso. Mas se recusavam a falar sobre o deserto pedregoso ao norte. Havia algo de inquietante a respeito daquele deserto, e achavam mais aconselhável negar sua existência.

 Nos dias seguintes, conversaram sobre as pedreiras de ônix onde Carter disse que iria trabalhar. Havia muitas delas, pois toda a cidade de Inganok era feita de ônix, e grandes blocos polidos dessa pedra eram comercializados em Rinar, Ogrothan e Celephais, e mesmo na própria cidade, com os mercadores de Thraa, Ilarnek e Kadatheron, pelas belas mercadorias desses fabulosos portos. E no extremo norte, quase no deserto gelado cuja existência os homens de Inganok não gostavam de admitir, havia uma pedreira ociosa maior do que todas as outras, da qual, em tempos remotos, haviam saído blocos tão prodigiosos que a simples visão dos vazios que haviam deixado causava terror em todos que os vissem. Quem teria escavado aqueles incríveis blocos e para onde teriam sido levados eram perguntas que ninguém sabia responder; considerava-se prudente, por isso, não perturbar uma pedreira ao redor da qual talvez pairassem memórias inumanas. Assim, permaneceu abandonada no crepúsculo, e apenas os corvos e os lendários pássaros shantak se atreviam a pairar sobre sua imensidão. Ao ouvir a respeito dessa pedreira, Carter mergulhou em profunda reflexão, pois sabia que, nas antigas lendas, o castelo habitado pelos Grandes Deuses no alto da desconhecida Kadath é feito de ônix.

A BUSCA POR KADATH

A cada dia, o sol parecia estar mais baixo no horizonte, e a névoa acima parecia cada vez mais espessa. Em duas semanas, já não havia mais luz solar, somente um estranho crepúsculo cinzento brilhando através de uma permanente e nebulosa cúpula durante o dia e uma fosforescência fria e sem estrelas que emanava de seu fundo. No vigésimo dia, avistou-se uma rocha escarpada em pleno mar, o primeiro sinal de terra desde que o pico nevado do Monte Aran desaparecera atrás do navio. Carter perguntou ao capitão como o rochedo se chamava, e ele respondeu que aquilo não tinha nome, tampouco fora visitado por alguma embarcação, em virtude dos sons que vinham dali à noite. E quando, depois do anoitecer, um uivo abafado e incessante se elevou daquela escarpa de granito, o viajante se alegrou por saber que nenhuma embarcação a visitara e nenhum nome lhe fora dado. Os marinheiros rezaram e cantaram até que o barulho estivesse fora do alcance dos ouvidos, e Carter sonhou terríveis sonhos dentro de sonhos por toda a madrugada.

Duas manhãs depois disso, delineou-se no distante horizonte a leste uma cadeia de grandes picos cinzentos, cujos topos se perdiam nas imutáveis nuvens daquele mundo crepuscular. E, diante dessa visão, os marinheiros entoaram canções alegres, e alguns se ajoelharam no convés para rezar; Carter, então, soube que haviam chegado à terra de Inganok e que logo atracariam aos cais de basalto da grandiosa cidade que dava nome àquela terra. Por volta do meio-dia, surgiu um litoral escuro e, antes das três da tarde, ergueram-se ao norte os domos em forma de bulbo e os fantásticos pináculos da cidade de ônix. Singular e curiosa, a cidade arcaica se elevava acima das muralhas e cais, tudo em um delicado matiz de preto realçado por frisos, volutas e arabescos de ouro incrustado. As casas eram altas, cheias de janelas e decoradas em todos os lados com entalhes florais e padrões cujas escuras simetrias ofuscavam o olhar com uma beleza mais intensa do que a luz. Algumas delas terminavam em imponentes domos inflados que se afinavam até o cume, outras, em pirâmides com terraços de onde se erguiam grupos de minaretes que exibiam toda sorte de estranheza e imaginação. Os muros eram baixos e atravessados por inúmeros portões, coroados por um grande arco que se erguia bem acima do nível geral com a cabeça de um deus no alto, esculpida com a mesma habilidade que ele vira no monstruoso rosto na distante Ngranek. Em uma colina no centro da cidade, erguia-se uma torre hexadecagonal maior do que todas as outras, com um elevado campanário guarnecido de pináculos apoiados em um domo achatado. Segundo os marinheiros, tratava-se do Templo dos Anciãos, e era governado por um antigo Sumo Sacerdote, depositário de tristes segredos íntimos.

De tempos em tempos, ressoava um estranho sino sobre a cidade de ônix, respondido a cada vez pelo clamor de uma música mística formada por trombetas, violas e vozes cantantes. E, a intervalos, de uma fileira de tripés na galeria que circunda o elevado domo do templo irrompiam labaredas, pois os sacerdotes e os habitantes dessa cidade eram peritos nos mistérios primitivos e acreditavam em manter o ritmo dos Grandes Deuses, como estabelecido nos ensinamentos de certos pergaminhos mais antigos do que os Manuscritos Pnacóticos. À medida que o navio abandonava o grande quebra-mar de basalto e adentrava o porto, os rumores da cidade se tornavam perceptíveis, e Carter pôde distinguir os escravizados, os marinheiros e os comerciantes das docas. Os marujos e mercadores tinham o estranho rosto da raça divina, porém os escravizados eram homens atarracados e de olhos oblíquos, que, segundo as lendas, teriam de algum modo atravessado ou contornado os picos intransponíveis dos vales para além de Leng. Os cais se estendiam muito além da muralha da cidade, e ofereciam toda sorte de mercadoria nas galés ancoradas ali, ao passo que, em uma das extremidades, havia enormes pilhas de ônix bruto e esculpido, à espera do transporte para os distantes mercados de Rinar, Ogrothan e Celephais.

Ainda não anoitecera quando o navio escuro ancorou ao

lado de um cais de pedra saliente e, então, todos os marinheiros e mercadores desembarcaram em fila, atravessando o portão em arco que levava ao interior da cidade. As ruas eram de ônix, algumas delas largas e retas, enquanto outras seguiam tortuosas e estreitas. As casas à beira-mar eram mais baixas do que as demais, exibindo, acima dos arcos das entradas, certos símbolos de ouro que homenageavam os deuses menores que as protegiam. O capitão do navio levou Carter a uma antiga taverna portuária, onde se reuniam os marinheiros de países peculiares, e prometeu que, no dia seguinte, mostraria todas as maravilhas da cidade crepuscular e o acompanharia às tavernas dos mineiros de ônix perto da muralha norte. A noite caiu, pequenos lampiões de bronze foram acesos, e os marinheiros naquela taverna entoaram canções de lugares remotos. Mas, quando o grande sino da elevada torre ressoou sobre a cidade e o enigmático clamor das trombetas, violas e vozes se ergueu em resposta, todos interromperam a cantoria e as histórias e se curvaram calados até que o último eco se dissipasse; pois reinam um mistério e uma estranheza na cidade crepuscular de Inganok, e os homens temem negligenciar seus ritos por medo de que um destino cruel e vingativo possa estar à espreita.

Nas sombras ao fundo da taverna, Carter percebeu uma forma atarracada da qual não gostou nada, já que certamente se tratava do velho mercador de olhos enviesados que vira há muito tempo nas tavernas de Dylath-Leen, reputado por negociar não só com os habitantes dos terríveis vilarejos de pedra em Leng — lugares cujas fogueiras malignas podem ser avistadas de longe à noite, onde nenhum homem íntegro ousa pisar — como também com o Sumo Sacerdote que não deve ser descrito, que usa uma máscara de seda amarela por cima do rosto e habita sozinho um monastério de pedra pré-histórico. Parecia pairar sobre esse homem um estranho e fugaz lampejo de conhecimento quando Carter perguntou aos mercadores de Dylath-Leen sobre a devastação gelada e Kadath; e, de alguma maneira, aquela presença na escura e assombrada Inganok, tão próxima das maravilhas do norte, não lhe era nada tranquilizadora. Ele sumiu de vista antes que Carter pudesse lhe falar, e os marinheiros disseram depois que ele chegara com uma caravana de iaques vindo de um lugar indeterminado, transportando os colossais e saborosos ovos do lendário pássaro shantak, para trocá-los pelas finas taças de jade que os mercadores traziam de Ilarnek.

Na manhã seguinte, o capitão do navio conduziu Carter pelas ruas de ônix de Inganok, escurecidas pelo céu crepuscular. As portas marchetadas, as fachadas com desenhos, os balcões esculpidos e as sacadas ogivais com vidros de cristal reluziam com uma beleza obscura e polida; de quando em quando, surgia uma praça repleta de pilares negros, colunatas e estátuas de curiosos seres ao mesmo tempo humanos e fabulosos. A beleza e a estranheza de algumas vistas nas longas avenidas retas abaixo, ou nas ruelas laterais por sobre os domos em forma de bulbo, e sobre os pináculos e telhados decorados com arabescos, era indescritível; e nada havia de mais esplendoroso do que a monumental altura do grande e central Templo dos Anciãos, com seus dezesseis lados esculpidos, o domo achatado e o elevado campanário coroado por pináculos, erguendo-se acima de toda a cidade, dominando tudo o que se via, e sempre majestoso, independentemente do que estivesse em primeiro plano. Seguindo para o leste, para muito além dos muros da cidade e das infindáveis léguas de pasto, erguiam-se as desoladas e cinzentas encostas dos gigantescos picos intransponíveis para além dos quais diziam se situar o horroroso platô de Leng.

O capitão levou Carter ao monumental templo, situado, com seu jardim amuralhado, em uma grande praça redonda de onde as ruas partem como os raios de uma roda. Os sete portões em arco do jardim, cada um coroado por um rosto esculpido semelhante àqueles que decoram os portões da cidade, estão sempre abertos; e as pessoas passeiam à vontade, ainda que com reverência, pelos caminhos pavimentados e pelas ruelas estreitas repletas de símbolos grotescos e altares de deuses modestos. Pode-se ver, também, fontes, lagos e bacias que refletem a chama ininterrupta dos tripés montados na alta sacada, feitos de ônix e tomados por peixinhos luminosos capturados por mergulhadores nos mais profundos caramanchões do oceano. Quando o timbre grave do campanário do templo estremece sobre o jardim e a cidade, e a resposta das trombetas, violas e vozes se ergue das sete guaritas próximas aos portões do jardim, surgem às sete portas do templo longas colunas de sacerdotes com máscaras e capas negras carregando, estendidos diante de si, grandes tigelas douradas, das quais emana um curioso vapor. E todas as sete colunas avançam de modo peculiar em fila indiana, esticando as pernas à frente sem dobrar os joelhos, e seguindo pelos caminhos que levam às sete guaritas, onde então desaparecem para não mais reaparecer. Dizem que passagens subterrâneas ligam as guaritas ao templo e que as longas fileiras de sacerdotes retornam por esse caminho; e há também rumores sobre profundos lances de degraus de ônix que descem rumo a lugares misteriosos completamente desconhecidos. Mas são poucos a insinuar que os tais sacerdotes com máscaras e capas daquelas fileiras não sejam humanos.

  Carter não entrou no templo porque ninguém além do Rei Velado tem permissão para fazê-lo. Contudo, antes que deixasse o jardim, o sino tocou, e ele ouviu o arrepiante ressoar vibrar sobre si e se erguerem nas guaritas junto aos portões os lamentos das trombetas, violas e vozes. E, pelos sete grandes caminhos, desceram as longas fileiras de sacerdotes, carregando as tigelas à sua maneira peculiar e causando no viajante um temor geralmente incomum aos sacerdotes humanos. Quando o último deles desapareceu no interior da guarita, Carter deixou o jardim, notando ao se afastar um ponto no pavimento pelo qual as tigelas haviam passado. O capitão do navio tampouco gostou daquele lugar, e apressou o explorador em direção à colina de onde se eleva, com seus múltiplos domos e maravilhas, o palácio do Rei Velado.

Os caminhos de acesso ao palácio de ônix são íngremes e estreitos, com exceção da estrada curva e larga por onde passeiam o rei e seu cortejo, em iaques ou carruagens puxadas por esses animais. Carter e seu guia subiram por uma ruela composta inteiramente de degraus, que ficava entre muralhas incrustadas de estranhos símbolos de ouro, sob sacadas e janelas ogivais de onde, às vezes, surgiam discretos temas musicais ou sopros de fragrâncias exóticas. Mais adiante, agigantavam-se as colossais muralhas, os imponentes contrafortes e os domos em forma de bulbos que dão fama ao palácio do Rei Velado; por fim, eles passaram sob um grande arco negro, emergindo nos jardins que encantavam o monarca. Ali, Carter precisou parar, atordoado com tanta beleza, pois os terraços de ônix, as alamedas ladeadas por colunas, os alegres jardins e as delicadas árvores floridas dispostas em treliças douradas, as urnas de bronze e os tripés com impressionantes baixos-relevos, as estátuas de mármore com veios negros que davam a impressão de respirar do alto de seus pedestais, as lagoas com fundo de basalto e as fontes ladrilhadas repletas de peixes luminosos, os diminutos templos de pássaros canoros iridescentes no topo das colunas esculpidas, os maravilhosos arabescos dos enormes portões de bronze e as trepadeiras em flor espalhadas por cada centímetro das muralhas polidas, tudo se associava para compor uma paisagem cuja extraordinária beleza transcendia à realidade, algo que parecia quase fabuloso demais mesmo nas terras oníricas. Tudo cintilava como uma visão sob aquele cinzento céu crepuscular, diante da magnificência do palácio abobadado coberto por arabescos e da fantástica silhueta dos distantes picos intransponíveis à direita. E os pássaros e as fontes cantavam sem parar, enquanto o perfume de flores raras pairava como um véu por sobre aquele incrível jardim. Não havia nenhuma outra presença humana ali, o que agradou muito a Carter. Deram meia-volta, então, e tornaram a descer os degraus da ruela de ônix, já que visitas ao palácio não são permitidas, e tampouco convém olhar fixamente por muito tempo para o enorme domo central, pois dizem que o lugar abriga o ancestral de todos os lendários pássaros shantak, irradiando estranhos sonhos aos curiosos.

Depois que eles saíram dali, o capitão levou Carter até a região norte do vilarejo, próximo ao Portal das Caravanas, onde se situam as tavernas dos mercadores de iaques e mineradores de ônix. Ali, em uma estalagem de teto baixo frequentada por mineiros, os dois se despediram, pois o capitão tinha negócios a tratar, ao passo que Carter estava ansioso para conversar com os mineiros sobre o norte. Havia muitos homens na estalagem, e o viajante não demorou a falar com alguns deles, dizendo-lhes que era um velho minerador de ônix e gostaria de saber algo a respeito das pedreiras de Inganok. No entanto, não descobriu muita coisa além do que já sabia, uma vez que os mineiros eram tímidos e evasivos ao falar sobre o deserto gelado ao norte e a pedreira que nenhum homem se atreve a visitar. Eles temiam os conhecidos emissários vindos do outro lado das montanhas para além das quais os rumores situavam Leng, assim como as presenças malignas e os inomináveis vigias que viviam no extremo norte, em meio aos rochedos dispersos. Diziam também, aos sussurros, que os lendários pássaros shantak não eram criaturas afáveis; na verdade, era melhor que nenhum homem jamais os tivesse visto (pois o mitológico ancestral dos shantaks que habita o domo do rei é alimentado no escuro).

No dia seguinte, alegando que gostaria de ver com os próprios olhos todas as minas, visitar as fazendas espalhadas e os pitorescos vilarejos de ônix em Inganok, Carter alugou um iaque e encheu grandes alforjes de couro para a jornada. Depois do Portal das Caravanas, a estrada seguia uma linha reta entre os campos cultivados, com diversas e estranhas casas rústicas coroadas por domos baixos. Em algumas dessas residências, o explorador se deteve para fazer perguntas e, em uma delas, encontrou um anfitrião tão austero e reticente, e tão cheio de uma indefinível majestade — similar àquela das enormes feições em Ngranek — que teve certeza de estar diante de um dos Grandes Deuses, ou de alguém com nove décimos de sangue divino, habitando entre os homens. E, ao se dirigir a esse austero e reticente camponês, Carter teve o cuidado de falar muito bem acerca dos deuses, e louvar todas as bênçãos que eles lhe haviam concedido.

Nessa noite, Carter acampou em uma pradaria à beira da estrada sob a copa de uma grande árvore lygath, ao tronco da qual amarrou o iaque, continuando pela manhã sua peregrinação para o norte. Por volta das dez horas da manhã, chegou aos pequenos domos do vilarejo de Urg, onde repousam os mercadores e os mineiros contam suas histórias, e permaneceu nas tavernas até o meio-dia. É nesse ponto que a grande estrada das caravanas vira a oeste, na direção de Selarn, mas Carter seguiu rumo ao norte pelo caminho das pedreiras. Por toda a tarde, continuou pela estrada cada vez mais íngreme, um pouco mais estreita do que a estrada principal, e que atravessava uma região com mais rochas do que campos cultivados. À noite, as baixas colinas à esquerda haviam dado lugar a penhascos negros relativamente altos e, assim, Carter soube que estava perto da área de mineração. Durante todo esse tempo, as enormes e desoladas encostas das intransponíveis montanhas se agigantavam à direita, ao longe, e quanto mais ele avançava, mais terríveis eram as histórias que ouvia a respeito daquele lugar dos fazendeiros, mercadores e condutores de carretas abarrotadas de ônix, dispersos ao longo do caminho.

Na segunda noite, depois de amarrar o iaque a uma estaca cravada no chão, acampou à sombra de uma grande escarpa negra. Observou como a fosforescência das nuvens estava mais intensa naquele ponto setentrional e, mais de uma vez, pareceu-lhe ter visto vultos escuros se delinearem contra elas. E, na terceira manhã, avistou a primeira de várias pedreiras de ônix, e cumprimentou os homens que trabalhavam ali com picaretas e cinzéis. Antes do entardecer, já havia passado por onze pedreiras; naquele ponto, a paisagem era dominada por penhascos e rochedos de ônix, sem nenhuma vegetação; via-se tão somente grandes fragmentos rochosos espalhados pela terra preta, com os intransponíveis e cinzentos picos se erguendo infinitamente à sua direita, desolados e sinistros. Passou a terceira noite em um acampamento de mineiros cujas fogueiras crepitantes projetavam bizarros reflexos nos penhascos polidos a oeste. E os homens entoaram muitas canções, contaram muitas histórias e exibiram uma sabedoria tão estranha sobre os tempos passados e os hábitos divinos, que Carter notou que conservavam inúmeras lembranças latentes de seus antepassados, os Grandes Deuses. Perguntaram-lhe aonde ia, e o aconselharam a não avançar muito rumo ao norte, mas ele respondeu que buscava novos rochedos de ônix e não assumiria riscos maiores do que qualquer outro prospector. Pela manhã, despediu-se deles e avançou para o norte cada vez mais escuro, onde lhe disseram que encontraria a temida e jamais visitada pedreira da qual mãos mais antigas do que as dos homens haviam extraído prodigiosos blocos. Porém não gostou quando, ao se virar para um último adeus, pensou ter visto, próximo ao acampamento, o velho mercador atarracado e evasivo com olhos enviesados, cujo suposto comércio com Leng era motivo de falatório na distante Dylath-Leen.

Duas pedreiras adiante, a parte habitada de Inganok parecia ter terminado, e a estrada se afunilava em uma subida para iaques cada vez mais íngreme em meio a ameaçadores penhascos negros. Sempre à direita, agigantavam-se os desolados e distantes picos e, à medida que Carter avançava pela região inexplorada, percebia que tudo se tornava mais frio e mais escuro. Não demorou tampouco a notar que não havia pegadas nem marcas de cascos no caminho preto sob seus pés, concluindo assim que de fato tinha adentrado os estranhos e desertos caminhos dos tempos ancestrais. De vez em quando, um corvo crocitava ao longe e, às vezes, um bater de asas por trás de algum rochedo colossal sugeria a preocupante presença do lendário pássaro shantak. Na maior parte do tempo, porém, seguia sozinho com a peluda montaria, e o perturbava notar que o excelente iaque demonstrava cada vez mais relutância em avançar, bem como uma crescente disposição a bufar assustado ao menor ruído na estrada.

Agora, o caminho se espremia por entre paredes arenosas e reluzentes, começando a exibir uma subida ainda mais íngreme do que antes. O terreno era irregular, e o iaque muitas vezes escorregava nos intermináveis fragmentos de pedra espalhados ao redor. Duas horas depois, Carter avistou um pico muito bem definido, para além do qual havia apenas um céu cinzento e monótono, e se sentiu abençoado com a perspectiva de um trecho plano ou em descida. Chegar ao cume, no entanto, não era uma tarefa simples, já que naquele trecho o caminho se tornara quase perpendicular e se revelava extremamente perigoso, em razão do cascalho de rocha preta e das pequenas pedras soltas. Eventualmente, Carter teve que desmontar e conduzir o relutante iaque, puxando-o com muita força sempre que o animal empacava ou tropeçava, e, ao mesmo tempo, tentando manter o equilíbrio da melhor maneira possível. Então, subitamente, chegou ao topo, enxergou o que havia mais além, e se espantou com a vista.

O caminho, de fato, seguia adiante com um suave declive e as mesmas linhas de altos paredões naturais de antes, mas, à esquerda, abria-se um monstruoso espaço vazio, com incontáveis acres de extensão, de onde algum poder arcaico arrancara e destruíra os penhascos nativos de ônix, dando forma a uma pedreira de gigantes. Essa ciclópica falha avançava sobre a rocha sólida do precipício, chegando às mais recônditas profundezas nas entranhas da Terra. Aquilo não poderia ser uma pedreira humana, e as paredes côncavas exibiam cicatrizes quadradas de vários metros de largura, indicando o tamanho dos blocos cortados por mãos e cinzéis desconhecidos. Bem no alto da borda escarpada, grandes corvos sobrevoavam crocitando, e vagos zumbidos nas profundezas ocultas sugeriam a presença de morcegos, urhags ou outras criaturas funestas assombrando a escuridão eterna.

A BUSCA POR KADATH

Naquele instante, Carter se deteve em meio ao crepúsculo no estreito caminho rochoso que descia diante dele; à sua direita, elevados penhascos de ônix se estendiam até onde a vista alcançava e, à esquerda, elevados penhascos cortados logo adiante para dar lugar àquela terrível e sobrenatural pedreira.

De repente, o iaque soltou um zurro e fugiu do controle de Carter, saltando para a frente e correndo em pânico até desaparecer no estreito declive rumo ao norte. As pedras espalhadas pelos cascos em disparada do animal caíam da beirada da pedreira e desapareciam no escuro sem fazer nenhum som que indicasse haverem tocado o fundo; Carter, porém, ignorou os perigos daquele estreito caminho enquanto corria sem fôlego atrás da montaria em fuga. Logo reapareceram os penhascos à esquerda, transformando mais uma vez o caminho em uma passagem estreita; mesmo assim, o viajante continuou correndo a toda atrás do iaque, cujas pegadas espaçadas indicavam seu pânico.

A certa altura, ele pensou ter ouvido as pancadas dos cascos do animal apavorado e, por isso, redobrou a velocidade. Percorria quilômetros e, aos poucos, o caminho adiante se alargava, até que Carter se deu conta de que não demoraria a adentrar o gelado e temível deserto ao norte. As desoladas encostas cinzentas dos distantes picos intransponíveis despontaram uma vez mais, acima dos penhascos à direita e, à frente, via-se as rochas e penedos de um espaço aberto que certamente exibia um primeiro relance da escura e infinita planície árida. E novamente o barulho dos cascos ressoaram nos ouvidos do explorador, ainda mais claramente do que antes; dessa vez, no entanto, o ruído lhe causara terror, pois não se tratava mais dos cascos do iaque em fuga. Aquelas batidas tinham um ritmo implacável e decidido, vindo de trás dele.

A perseguição ao iaque subitamente se transformou em uma fuga de algo invisível, pois, embora não se atrevesse a olhar por cima do ombro, Carter sentia que a presença atrás de si não poderia ser nada benéfica ou natural. O iaque devia tê-la ouvido ou percebido primeiro, e Carter preferiu nem sequer indagar se aquilo o teria seguido desde as moradas dos homens ou saído do fosso negro da pedreira. Entrementes, os penhascos haviam ficado para trás, de modo que a iminente chegada da noite recairia no enorme deserto de areia e nas rochas espectrais em que se perdiam todos os caminhos. Ele não conseguia mais ver as pegadas do iaque, mas continuava a escutar atrás de si as detestáveis batidas, misturadas de vez em quando ao que imaginava ser um bater e um zumbido de gigantescas asas frenéticas. A aproximação daquela coisa se mostrava lamentavelmente evidente, e Carter sabia que estava irremediavelmente perdido naquele deserto assolado de rochas disparatadas e areias inexploradas. Somente os remotos e intransponíveis cumes à direita ofereciam qualquer senso de direção, mas se tornavam cada vez menos visíveis à medida que o crepúsculo cinzento dava lugar à fosforescência mortiça das nuvens.

Então, tênue e nebulosa, uma aparição horrenda apareceu diante de Carter na obscuridade do norte. Por alguns momentos, ele imaginou se tratar de uma cordilheira de montanhas negras, porém percebeu ser algo mais logo a seguir. A fosforescência das sinistras nuvens lhe proporcionara uma visão nítida, chegando a delinear certos contornos com o brilho dos vapores mais baixos. Ele não seria capaz de estimar a que distância aquilo se encontrava, mas parecia ainda estar longe. A coisa tinha milhares de metros de altura e se estendia em um enorme arco côncavo, dos cinzentos picos intransponíveis até os espaços inimagináveis a oeste; e, de fato, fora, no passado, uma cordilheira de imponentes colinas de ônix. Mas agora já não eram mais colinas, pois alguma mão mais poderosa do que a do homem as tocara. Em silêncio, permaneciam agachadas no topo do mundo, como lobos ou ghouls, coroadas por nuvens e névoas, guardando eternamente os segredos do norte. Agachavam-se em um enorme semicírculo, parecendo montanhas caninas esculpidas como monstruosas estátuas vigilantes, com as patas direitas erguidas contra a humanidade em sinal de ameaça.

A luz oscilante das nuvens criara a ilusão de movimento nas cabeças duplas enviesadas, mas, ao seguir adiante, Carter viu se erguerem daqueles regaços sombrios enormes vultos cujos deslocamentos não eram nenhum delírio. Com um bater de asas e aos zumbidos, as formas se tornavam maiores a cada instante, e o explorador soube que sua peregrinação terminara. Não se tratava de quaisquer pássaros ou morcegos conhecidos em outras regiões da Terra ou das terras oníricas, pois eram maiores do que elefantes e tinham a cabeça semelhante à dos cavalos. Carter sabia que deviam ser os pássaros shantak de mau agouro, e descobriu, enfim, por que os guardiões maléficos e os inomináveis vigias levavam os homens a evitar o rochoso deserto boreal. E, ao se deter, resignado com seu destino, tomou coragem e olhou para trás, avistando na verdade o atarracado mercador de olhos enviesados e má-fama, com um sorriso malicioso, montado em um iaque magro, liderando uma terrível horda de perversos shantaks, com as asas ainda incrustadas da geada e do salitre dos abismos inferiores.

Embora estivesse encurralado pelos fabulosos e hipocéfalos pesadelos alados que o cercavam em enormes círculos blasfemos, Randolph Carter não perdeu a consciência. Altas e horrendas, as gigantescas gárgulas pairavam sobre ele quando o mercador de olhos enviesados desmontou do iaque e se postou diante de seu prisioneiro com um sorriso zombeteiro. Com um só gesto, o homem indicou então a Carter que montasse um dos repugnantes shantaks, ajudando-o a subir enquanto sua consciência lutava contra o asco que sentia. Mostrou-se difícil a tarefa de se empoleirar na criatura, pois os pássaros shantak têm escamas no lugar de penas, e escamas muito escorregadias. Assim que ele conseguiu se sentar, o homem de olhos enviesados saltou atrás dele, e o magro iaque foi conduzido rumo ao círculo de montanhas esculpidas ao norte por uma das incríveis aves colossais.

Seguiu-se então um horrendo e infinito voo pelo espaço gelado acima e a leste, rumo às desoladas encostas das montanhas intransponíveis, para além das quais diziam se situar Leng. Voaram muito acima das nuvens, até que, finalmente, encontraram-se sobre os famosos picos jamais vistos pelos homens de Inganok, envoltos eternamente por altos redemoinhos de névoa cintilante. Carter conseguiu vê-los nitidamente ao passar por eles, e percebeu, nos cumes mais elevados, estranhas cavernas que o fizeram se lembrar do que vira em Ngranek; achou melhor, entretanto, não questionar seu captor quando percebeu que tanto o homem como o hipocéfalo shantak pareciam estranhamente temerosos daquelas coisas, apressando seu voo e demonstrando grande tensão até deixá-las para trás.

A partir daquele ponto, o shantak começou a voar mais baixo, revelando por sob o dossel de nuvens uma cinzenta planície estéril, onde pequenas e débeis fogueiras queimavam a grandes distâncias umas das outras. À medida que eles desciam, surgiam pouco a pouco isolados casebres de granito e sombrios vilarejos de pedra cujas minúsculas janelas se iluminavam com uma luz pálida. Desses casebres e vilarejos vinham estridentes sons de flautas e um nauseante chocalhar de cascavéis, que provaram de uma vez por todas a veracidade das especulações geográficas dos homens de Inganok, pois outros viajantes já tinham ouvido aqueles sons antes, e sabiam que provinham unicamente do platô frio e desolado jamais visitado por homens sãos: de Leng, o lugar assombrado pelo mal e pelo mistério.

Ao redor das débeis fogueiras dançavam vultos escuros, e Carter ficou curioso para saber que tipo de criatura podiam ser, já que nenhuma pessoa sensata jamais estivera em Leng, e o lugar só é conhecido pelas fogueiras e pelos casebres de pedra vistos ao longe. Os vultos saltitavam lenta e desajeitadamente, retorcendo-se e se curvando de modo tão enlouquecido e repugnante ao olhar, que Carter não se admirou com a monstruosa maldade que lhes era atribuída em lendas vagas, nem com o medo que aquele abominável platô congelado suscitava por todas as terras oníricas. Assim que o shantak começou a voar mais baixo, a repulsa aos dançarinos parecia ter se misturado a certa familiaridade infernal; e o prisioneiro continuou a forçar os olhos e a vasculhar a memória em busca de pistas sobre onde teria visto aquelas criaturas antes.

Elas saltavam como se tivessem cascos em vez de pés, e pareciam usar uma espécie de peruca ou adereço de cabeça com pequenos chifres. Não portavam mais nenhuma roupa e, na maioria, eram criaturas bastante peludas. Tinham pequenas caudas vestigiais e, quando olhavam para cima, Carter podia ver a largura excessiva de suas bocas. Soube então o que eram, além de notar que não estavam usando nenhum tipo de peruca ou adorno na cabeça. Pois o misterioso povo de Leng pertencia à mesma raça dos incômodos mercadores das galés negras que negociavam rubis em Dylath-Leen: tratava-se dos comerciantes semi-humanos escravizados pelas monstruosas coisas-sapo da lua! Era, de fato, o mesmo povo escuro que sequestrara Carter na abjeta galé muito tempo atrás, e cuja parentela ele vira andar em bando nos sórdidos cais daquela amaldiçoada cidade lunar, com os mais franzinos se matando de trabalhar e os mais gordos sendo levados em caixotes para satisfazer outras necessidades de seus amos amorfos e poliposos. Naquele instante, Carter soube de onde vinham aquelas criaturas ambíguas, e estremeceu ao pensar que Leng deveria ser um território conhecido daquelas abominações lunares amorfas.

Mas o shantak continuou a voar para além das fogueiras, dos casebres de pedra e dos dançarinos semi-humanos, e planou, então, acima das colinas estéreis de granito cinzento e dos obscuros detritos de rocha, gelo e neve. Raiara o dia, e a fosforescência das nuvens baixas deu lugar ao nebuloso crepúsculo daquele mundo do norte, enquanto o vil pássaro shantak, determinado, batia as asas em meio ao frio e ao silêncio. Às vezes, o homem de olhos enviesados conversava com o animal em um odioso e gutural idioma, e o shantak respondia com risadinhas ásperas, que lembravam o som de vidro quebrado raspando contra uma superfície. Durante todo esse tempo, a terra se elevava mais e mais, até culminar por fim em um platô arrasado pelo vento, que parecia ser o pico de um mundo abandonado e devastado. Ali, solitárias em meio ao silêncio, ao crepúsculo e ao frio, erguiam-se as rústicas pedras de uma atarracada construção sem janelas, rodeada por monolitos brutos. Não havia nenhum elemento humano naquele cenário e, ao se lembrar de antigos contos, Carter pressupôs que havia realmente chegado ao mais temível e lendário de todos os lugares, o remoto e pré-histórico monastério onde habita, sozinho, o Sumo Sacerdote que não deve ser descrito, que usa uma máscara de seda amarela por cima do rosto e reza para os Outros Deuses e o caos rastejante Nyarlathotep.

O asqueroso pássaro shantak enfim pousou, e o homem de olhos enviesados desceu com um salto e ajudou o prisioneiro a desmontar. Quanto ao motivo de sua captura, Carter agora tinha toda a certeza: certamente o mercador de olhos enviesados era um agente dos poderes sombrios, ansioso por levar à presença de seus mestres um mortal com a presunção de encontrar a desconhecida Kadath e fazer uma oração diante do rosto dos Grandes Deuses no castelo de ônix. Parecia provável que o mercador também tivesse planejado a captura feita pelos escravizados das coisas-sapo lunares em Dylath-Leen e que, naquele momento, pretendesse finalizar o plano que os gatos haviam frustrado, conduzindo sua vítima a um terrível encontro com o monstruoso Nyarlathotep e denunciando a ousadia com que o viajante se lançara em busca da desconhecida Kadath. Leng e a desolação gelada ao norte de Inganok deveriam ser próximas aos Outros Deuses e, naquele ponto, os desfiladeiros rumo a Kadath são bem guardados.

O homem de olhos enviesados era pequeno, mas o enorme pássaro hipocéfalo estava ali para garantir que todas as ordens fossem obedecidas; assim, Carter o seguiu, passou ao interior do círculo de monolitos e cruzou a porta com uma arcada muito baixa que dava acesso ao monastério de pedra sem janelas. Não havia nenhuma luz lá dentro, mas o perverso mercador acendeu um pequeno lampião de argila decorado com mórbidos baixos-

-relevos e empurrou o prisioneiro por labirintos de estreitos corredores sinuosos. Nas paredes dos corredores, pavorosas cenas mais antigas do que a própria história estavam pintadas em um estilo desconhecido dos arqueólogos da Terra. Mesmo depois de incontáveis éons, os pigmentos continuavam brilhantes, pois o clima frio e seco da hedionda Leng mantinha intactas inúmeras coisas antigas. Carter viu os desenhos de relance em razão dos tênues raios de luz em movimento do lampião, e estremeceu ao compreender a história que narravam.

Por aqueles afrescos primitivos desfilavam os anais de Leng; e os semi-humanos com chifres, cascos e bocas largas executavam danças malignas em meio a cidades esquecidas. Mostravam cenas de antigas guerras em que os semi-humanos de Leng lutavam contra as inchadas aranhas roxas dos vales vizinhos; havia também cenas que retratavam a chegada das galés negras vindas da lua, e a submissão do povo de Leng às criaturas blasfemas polipíosas e amorfas que delas saíram saltando, arrastando-se e se contorcendo. Essas blasfêmias escorregadias branco-acinzentadas eram adoradas como deuses, por isso, os nativos jamais se queixavam quando os melhores e mais gordos de seus machos eram levados pelas galés negras. As monstruosas bestas lunares haviam se instalado em uma ilha escarpada em pleno mar, e Carter pôde notar nos afrescos que se tratava da encosta isolada e sem nome avistada durante a viagem para Inganok, o amaldiçoado rochedo cinzento temido pelos marinheiros da cidade, onde uivos vis reverberam noite afora.

Esses afrescos também retratavam a grande capital portuária dos semi-humanos, orgulhosa e repleta de pilares entre os penhascos e cais de basalto, com seus elevados templos e construções esculpidas realçando sua prodigiosa beleza. Enormes jardins e ruas ladeadas por colunas saíam dos penhascos e de cada um dos seis portões coroados por esfinges, descendo até uma vasta praça central, onde um par de gigantescos leões alados guardavam o alto de uma escadaria subterrânea. Os enormes leões alados surgiam repetidas vezes nos afrescos, com vigorosos flancos de diorito brilhando no crepúsculo cinzento do dia e na nebulosa fosforescência da noite. E, enquanto Carter passava aos tropeços diante dessas frequentes e repetidas imagens, ele enfim percebeu o que eram de fato, e que cidade era aquela onde os semi-humanos haviam governado por tanto tempo antes da chegada das galés negras. Não tinha como se enganar, pois as lendas das terras oníricas são generosas e profusas. Sem dúvida, aquela cidade primitiva não era outra senão a lendária Sarkomand, cujas ruínas tinham se deteriorado ao sol por um milhão de anos antes que o primeiro ser humano de verdade visse a luz, e cujos gigantescos leões gêmeos guardam para todo o sempre os degraus que descem das terras oníricas até o Grande Abismo.

Outras vistas mostravam os desolados picos cinzentos que separavam Leng de Inganok, assim como os monstruosos pássaros shantak, que constroem ninhos a meio caminho de seus cumes. Exibiam, ainda, as curiosas cavernas próximas aos pináculos mais elevados, e como até mesmo os shantaks mais ousados fogem dali aos gritos. Carter avistara as cavernas ao sobrevoá-las e percebera a semelhança com as cavernas de Ngranek. Soube então que essa semelhança era mais do que uma simples coincidência, pois as imagens mostravam seus temíveis habitantes, cujas asas de morcego, chifres curvos, caudas serrilhadas, garras preênseis e corpos borrachentos não lhe eram estranhos. Ele encontrara antes aquelas criaturas silenciosas, esvoaçantes e pegajosas; os guardiões irracionais do Grande Abismo, temidos até mesmo pelos Grandes Deuses, que têm por senhor não o caos rastejante Nyarlathotep, e sim o grisalho Nodens. Tratava-se dos temíveis noctétricos, que jamais sorriem ou gargalham porque não têm rosto, e que se debatem eternamente na escuridão, entre o Vale de Pnath e os desfiladeiros que dão acesso ao mundo exterior.

Agora, o mercador de olhos enviesados empurrava Carter para o interior de um grande recinto abobadado, cujas paredes eram entalhadas com chocantes baixos-relevos, e cujo centro abrigava um fosso circular rodeado por seis altares de pedra com sinistras manchas. Não havia luz na imensa e malcheirosa cripta, e o pequeno lampião do vil mercador emitia uma luz tão fraca que só permitia discernir os detalhes pouco a pouco. No lado oposto, havia um elevado púlpito de pedra acessado por cinco degraus e, sentada em um trono dourado, uma pesada figura vestindo uma túnica de seda amarela trabalhada com desenhos vermelhos e o rosto coberto por uma máscara, também de seda amarela. O homem de olhos enviesados fez certos sinais com as mãos, e o vulto à espreita no escuro respondeu erguendo uma repugnante flauta entalhada de marfim nas patas cobertas de seda e emitindo sons repulsivos por sob a flutuante máscara amarela. Esse colóquio continuou por algum tempo, e a Carter parecia haver algo horrivelmente familiar no som da flauta e no fedor pungente daquele malcheiroso lugar. Lembrou-se, então, da temível cidade iluminada de vermelho, da odiosa procissão que desfilara por suas ruas e também da terrível escalada através do terreno lunar mais além, antes que fosse resgatado pela torrente de gatos amigos vindos da Terra. Soube que a criatura no púlpito era, sem a menor dúvida, o Sumo Sacerdote que não deve ser descrito, ao qual a lenda atribui possibilidades tão anormais e demoníacas, e se assustou ao pensar que espécie de criatura seria exatamente aquele abominável Sumo Sacerdote.

De repente, uma parte da seda desenhada escorregou de uma das patas branco-acinzentadas, e Carter soube do que se tratava o abjeto Sumo Sacerdote. E, naquele terrível segundo, um intenso pavor o levou a um ato que a ponderação jamais lhe teria deixado cometer, pois, em toda a sua abalada consciência, sobrara espaço apenas para a vontade frenética de escapar da criatura agachada naquele trono dourado. Ele sabia que intransponíveis labirintos de pedra o separavam do platô gelado do lado de fora e que, mesmo se conseguisse alcançá-lo, o odioso shantak continuaria esperando; ainda assim, apesar de tudo isso, nada sentia além da necessidade imediata de se afastar daquela monstruosidade vestida de seda que se contorcia à sua frente.

O homem de olhos enviesados largara o curioso lampião em um dos elevados altares manchados tetricamente próximo ao fosso e avançou um pouco para conversar com o sacerdote usando as mãos. Carter, até então completamente passivo, de repente empurrou o homem com toda a selvagem força do medo, fazendo com que a vítima caísse imediatamente no interior do fosso, que, segundo as lendas, desce até as infernais catacumbas de Zin, onde os gugs caçam os ghasts na escuridão. Quase ao mesmo tempo, pegou o lampião do altar e disparou rumo aos labirintos decorados com afrescos, correndo de um lado para o outro conforme a sorte lhe ditava, tentando não pensar no ruído abafado de patas furtivas e amorfas atrás de si, nem nos seres abomináveis que já deviam estar serpenteando e rastejando à sua procura naqueles sombrios corredores.

Depois de alguns instantes, Carter se arrependeu de sua fuga irrefletida, e desejou ter tentado retroceder e fugir pelos afrescos que vira ao entrar. Na verdade, todos eram tão confusos e repetitivos que não podiam oferecer muita ajuda, mas, mesmo assim, desejou que ao menos tivesse tentado. As imagens que via naquele instante eram ainda mais terríveis do que as vistas anteriormente, e Carter se deu conta de que não estava nos corredores que levavam à saída. Mais à frente, teve quase certeza de que não estava sendo seguido e diminuiu a marcha, porém, mal tendo dado um suspiro de alívio, foi assolado por um novo perigo. O lampião começava a se apagar, e ele logo estaria na escuridão absoluta sem nenhum meio de visão ou direção.

Quando se apagou enfim a luz, tateou devagar no escuro e rezou aos Grandes Deuses pedindo toda a ajuda possível. Às vezes, percebia um aclive ou um declive nos corredores de pedra e, em dado ponto, tropeçou em um degrau cuja existência não parecia fazer sentido. Quanto mais avançava, mais úmida a atmosfera parecia ficar, e sempre que percebia um cruzamento ou a entrada de uma passagem lateral, Carter escolhia o caminho que descia menos. Acreditava, no entanto, que o percurso geral o conduzia para baixo; e o cheiro semelhante ao das criptas e as incrustações nas paredes e no piso oleoso indicavam que estava penetrando cada vez mais fundo no insalubre platô de Leng. Nada o advertiu, porém, do que surgiria depois, a não ser sua própria aparição, aterrorizante, espantosa e caótica. Em um instante, Carter tateava devagar enquanto avançava pelo chão escorregadio de um corredor quase nivelado e, no instante seguinte, precipitou-se vertiginosamente no escuro por uma galeria praticamente vertical.

Carter jamais soube ao certo a distância percorrida nesse mergulho, mas teve a impressão de ter caído durante horas em uma náusea delirante e um frenesi extático. Percebeu, então, que estava parado, com as nuvens fosforescentes de uma noite boreal brilhando doentias sobre ele. Havia ao seu redor muros em ruínas e colunas quebradas, e o pavimento onde se encontrava era varado pelo mato que crescia entre as pedras e por frequentes arbustos e raízes que deslocavam tudo para os lados. Atrás dele, um penhasco basáltico se elevava verticalmente nas alturas a perder de vista, com as encostas tomadas por repulsivas cenas esculpidas e perfuradas por um arco entalhado que dava acesso à escuridão interior de onde ele saíra. Mais adiante, estendiam-se fileiras duplas de pilares, fragmentos de pedestais e bases de colunas que evocavam uma rua larga e há muito destruída; e pelas urnas e cisternas ao longo do caminho, Carter soube que aquela rua fora ajardinada. Ao longe, afastados da extremidade, pilares se espalhavam para demarcar os limites de uma vasta praça circular, em cujo interior um par de coisas monstruosas se agigantava sob as sombrias nuvens noturnas. Tratava-se de enormes leões alados de diorito, separados pela escuridão e pelas sombras. A seis metros do piso, erguia-se sua grotesca cabeça ainda intacta, rosnando desdenhosa para as ruínas que a circundavam. E Carter soube muito bem o que deveriam ser, pois as lendas mencionam um par como aquele.

Eram os imutáveis guardiões do Grande Abismo, e aquelas ruínas sombrias haviam sido, na verdade, a Sarkomand original.

A primeira ação de Carter foi fechar e barricar a arcada no penhasco com os blocos tombados e os destroços espalhados ao redor. Não queria que nenhuma criatura o seguisse do odioso monastério de Leng, já que, ao longo do caminho a seguir, outros perigos deveriam estar à espreita. Quanto à maneira de sair de Sarkomand rumo às regiões habitadas das terras oníricas, ele nada sabia; tampouco se beneficiaria de algo descendo até as grutas dos ghouls, pois as criaturas não tinham mais informações do que ele. Os três ghouls que o haviam ajudado a atravessar a cidade dos gugs até o mundo exterior não sabiam como chegar a Sarkomand na jornada de volta, porém tinham planejado perguntar aos velhos comerciantes de Dylath-Leen. A Carter, em nada agradava a ideia de retornar ao mundo subterrâneo dos gugs e se arriscar mais uma vez na torre infernal de Koth com os gigantescos degraus que levam ao Bosque Encantado, mas sentiu que talvez tivesse de seguir esse curso se tudo mais falhasse. Atravessar o platô de Leng sozinho, passando pelo monastério solitário, estava fora de cogitação, pois o Sumo Sacerdote deveria ter muitos emissários e, no fim da jornada, certamente seria necessário enfrentar os shantaks, e talvez muitas outras criaturas. Se conseguisse arranjar um barco, poderia navegar de volta a Inganok depois de passar pela terrível rocha escarpada em alto-mar, pois os afrescos primitivos no labirinto do monastério haviam mostrado que esse pavoroso lugar não se situa longe dos cais de basalto de Sarkomand. Entretanto, encontrar um barco naquela cidade abandonada há éons parecia algo pouco plausível, tampouco seria provável que pudesse construir um.

Eram esses os pensamentos de Randolph Carter quando uma nova impressão começou a martelar em sua mente. Durante todo esse tempo, a amplidão cadavérica da famosa Sarkomand se estendia diante dele com suas ruínas de pilares negros, destroços de portões coroados por esfinges, pedras gigantescas e monstruosos leões alados contra o brilho doentio das luminosas nuvens noturnas ao fundo. Naquele instante, contudo, Carter percebeu, bem ao longe e à direita, uma luminosidade que não vinha das nuvens, e soube que não estava sozinho no silêncio daquela cidade morta. O brilho aumentava e diminuía de intensidade em um ritmo constante, cintilando com um matiz esverdeado que em nada tranquilizava o observador. Ao chegar mais perto, depois de percorrer a rua tomada pelos destroços e avançar pelas estreitas frestas entre as paredes desabadas, Carter viu que se tratava de uma fogueira próxima aos cais, reunindo diversos vultos indefinidos ao redor e exalando um odor letal que pairava pesadamente sobre todos. Mais além, ouvia-se as oleosas águas portuárias batendo contra o costado de um grande navio ancorado, e Carter ficou paralisado pelo terror ao perceber que a embarcação era de fato uma das temidas galés negras da lua.

Então, quando estava prestes a se afastar daquela detestável chama, percebeu uma agitação em meio aos vultos indefinidos e ouviu um som peculiar e inconfundível. Era o guincho estridente de um ghoul assustado que, no momento seguinte, deu lugar a um verdadeiro coro de angústia. Protegido pelas sombras das monstruosas ruínas, Carter se permitiu deixar a curiosidade vencer o medo e avançou, em vez de retroceder. Ao atravessar uma rua desobstruída, rastejou sobre o próprio ventre como um verme e, em outro instante, precisou se levantar, a fim de evitar qualquer barulho ao passar por pilhas de fragmentos de mármore desabado. Porém, conseguiu sempre se manter escondido e, em pouco tempo, encontrou um lugar atrás de um gigantesco pilar de onde poderia assistir a toda a cena sob a luz esverdeada. Ali, ao redor de uma horrenda fogueira alimentada pelos desagradáveis talos de fungos lunares, agachava-se um fétido círculo de coisas-sapo lunares, acompanhadas pelos semi-humanos escravizados. Parte dos escravizados aquecia estranhas lanças nas chamas saltitantes e, de tempos em tempos, espetavam as pontas escaldantes no corpo de três prisioneiros fortemente amarrados que se debatiam diante dos líderes do grupo. Pela movimentação dos tentáculos, Carter viu que as coisas-sapo de focinho achatado se divertiam enormemente com o espetáculo, e foi tomado por um profundo horror quando reconheceu os guinchos frenéticos e viu que os ghouls torturados compunham o leal trio que o conduzira em segurança da saída do abismo até o Bosque Encantado, na esperança de encontrar Sarkomand e o acesso às profundezas onde viviam.

Como o número das fétidas bestas lunares ao redor do fogo esverdeado era muito grande, Carter sabia que não poderia fazer nada naquele instante para salvar os antigos aliados. Ele desconhecia a maneira como os ghouls haviam sido capturados, mas imaginou que aquelas blasfêmias cinzentas parecidas com sapos os tivessem ouvido perguntar sobre o caminho até Sarkomand em Dylath-Leen, e decidiram impedir que se aproximassem do hediondo platô de Leng e do Sumo Sacerdote que não deve ser descrito. Por um momento, Carter pensou no que poderia fazer, e se lembrou de que estava muito perto do portão que dava acesso ao reino negro dos ghouls. Certamente, o mais sensato seria se esgueirar até a praça dos leões gêmeos e descer de uma vez até o abismo, onde seguramente não enfrentaria nenhum horror pior do que os da superfície, e onde logo poderia encontrar outros ghouls dispostos a resgatar seus semelhantes e talvez até mesmo exterminar as bestas lunares da galé negra. Ocorreu-lhe que o portal, como outros acessos ao abismo, poderia ser guardado por bandos de noctétricos; naquele instante, porém, não temeu as criaturas sem rosto. Descobrira que mantinham solenes tratados com os ghouls, e o ghoul que fora Pickman no passado lhe ensinara como guinchar uma senha compreendida pelos noctétricos.

Então, Carter começou novamente a rastejar em meio às ruínas, aproximando-se aos poucos da vasta praça central e dos leões alados. Era um trabalho arriscado, mas as bestas lunares estavam ocupadas com sua diversão e não ouviram os discretos ruídos que por duas vezes ele fizera entre as pedras espalhadas.

Por fim, alcançou a praça e percorreu com cuidado o caminho em meio às árvores retorcidas e aos espinheiros que tinham crescido no local. Os gigantescos leões pairavam terríveis acima dele, à luz da doentia cintilação das fosforescentes nuvens noturnas, porém ele continuou a avançar bravamente, esgueirando-se até a direção em que o rosto deles mirava, sabendo que daquele lado encontraria a poderosa escuridão que guardavam. A três metros de distância, as bestas de diorito se erguiam com expressões zombeteiras, no alto de gigantescos pedestais cujas laterais exibiam assustadores baixos-relevos. Entre os dois leões, havia um pátio azulejado com um espaço central que, no passado, era cercado por balaústres de ônix. No meio desse espaço se abria um poço negro, e Carter logo percebeu que, de fato, chegara ao abismo escancarado cujos degraus cheios de crostas e bolor desciam às atormentadoras criptas.

Terríveis são as lembranças daquela descida no escuro em que horas se passaram com Carter andando às cegas, dando voltas e mais voltas pelos degraus altos e escorregadios de uma interminável espiral descendente. Tão gastos e estreitos achavam-se os degraus, e tão escorregadios em razão do lodo do interior da Terra, que o explorador nunca sabia ao certo quando ocorreria uma repentina e aterrorizante queda rumo aos abismos finais, assim como não tinha como descobrir quando nem como os noctétricos guardiões poderiam atacá-lo, se é que realmente estivessem posicionados naquela passagem de eras primitivas. Tudo ao redor estava impregnado pelo odor sufocante dos abismos infernais, e ele sentiu que o ar daquelas profundezas asfixiantes não era feito para a humanidade. Depois de algum tempo, sentiu-se entorpecido e sonolento, e começou a se mover mais por um impulso automático do que por uma vontade racional; não chegou a perceber nenhuma mudança quando parou de se movimentar, como se algo o estivesse agarrando silenciosamente por trás. Já estava voando a uma velocidade impressionante pelos ares quando cócegas malévolas lhe indicaram que os borrachentos noctétricos haviam cumprido com seu dever.

Ao notar que se encontrava nas garras frias e úmidas daqueles voadores sem rosto, Carter se lembrou da senha dos ghouls e guinchou o mais alto que pôde em meio ao vento e caos do voo. Por mais irracionais que fossem consideradas aquelas criaturas, o efeito foi instantâneo, pois as cócegas cessaram subitamente e os noctétricos se apressaram em pôr o refém em uma posição mais confortável. Com a coragem renovada, Carter se aventurou a dar algumas explicações, informando-os da captura e da tortura dos três ghouls aprisionados pelas bestas lunares e da necessidade de reunir um grupo para resgatá-los. Os noctétricos, embora inarticulados, pareceram entender o que dizia, já que começaram a voar com ainda mais pressa e determinação. De repente, a densa escuridão deu lugar ao crepúsculo cinzento da Terra interior e, diante deles, abriu-se uma das planícies estéreis onde os ghouls adoram se agachar e roer. Lápides e fragmentos ósseos espalhados indicavam a presença dos habitantes do lugar, e quando Carter emitiu um sonoro guincho de chamado urgente, uma vintena de tocas despejou seus moradores de aspecto canino e pele de couro para a superfície. Os noctétricos fizeram um voo rasante e soltaram o passageiro em pé; a seguir, afastaram-se um pouco e se agacharam em um semicírculo no chão, enquanto os ghouls cumprimentavam o recém-chegado.

Carter guinchou a mensagem do modo mais rápido e explícito possível à grotesca companhia e, no mesmo instante, quatro ghouls desapareceram em tocas diferentes a fim de espalhar a notícia aos outros e reunir as tropas que estivessem disponíveis para o resgate. Após longa espera, um importante ghoul apareceu e fez sinais repletos de significado, impelindo dois do noctétricos a alçar voo, desaparecendo na escuridão. Logo depois, seguiu-se uma série de acréscimos ao bando de criaturas na planície, até que, por fim, o solo lodoso ficou coberto pelas negras criaturas. Nesse meio-tempo, novos ghouls rastejavam para fora das tocas uns atrás dos outros, guinchando freneticamente e se organizando em uma

A BUSCA POR KADATH

improvisada linha de batalha junto ao bando de noctétricos agachados. No devido tempo, surgiu o orgulhoso e influente ghoul que fora, no passado, o artista Richard Pickman, de Boston, para quem Carter guinchou um relato completo de tudo o que acontecera. O velho Pickman, surpreso por reencontrar o antigo amigo, pareceu bastante impressionado, e convocou uma conferência com outros chefes em um local um pouco afastado da crescente multidão.

Finalmente, depois de passar em revista as fileiras com todo o cuidado, os chefes reunidos guincharam em uníssono e se puseram a dar ordens às hordas de ghouls e noctétricos. Um grande destacamento dos voadores chifrudos desapareceu no mesmo instante, enquanto as demais criaturas se agruparam de joelhos, duas a duas, com as patas dianteiras estendidas à frente, à espera da aproximação de um ghoul por vez. À medida que cada um deles era alcançado pela dupla de noctétricos, os ghouls eram levados e desapareciam na escuridão, até que toda a multidão tivesse desaparecido, à exceção de Carter, Pickman, os outros chefes e algumas poucas duplas de noctétricos. Pickman explicou que as criaturas restantes constituíam a vanguarda dos noctétricos e as montarias de batalha dos ghouls, e que o exército se dirigia a Sarkomand para combater as bestas lunares. Então, Carter e os chefes dos ghouls se aproximaram das montarias que os aguardavam e foram erguidos por suas patas úmidas e escorregadias. Mais um segundo e tudo estava rodopiando em meio ao vento e à escuridão, infinitamente para cima, cada vez mais alto, rumo ao portão dos leões alados e às extraordinárias ruínas da Sarkomand primitiva.

Quando, depois de um longo intervalo, Carter viu novamente a mórbida luz no céu noturno de Sarkomand, foi para vislumbrar a grande praça central repleta de militantes ghouls e noctétricos prontos para o combate. Tinha certeza de que o dia estava próximo, mas o exército era tão poderoso que não seria necessário tomar o inimigo de surpresa. A chama esverdeada perto dos cais ainda cintilava, embora a ausência dos gemidos dos ghouls indicasse que a tortura dos prisioneiros acabara por ora. Enquanto guinchavam instruções aos sussurros às montarias e aos bandos de noctétricos sem montadores que seguiam à frente, os ghouls se ergueram em largas e ruidosas colunas, avançando pelas ruínas desoladas em direção à chama maligna. Carter se encontrava agora ao lado de Pickman, na primeira fileira dos ghouls e, ao se aproximar do sinistro acampamento, percebeu que as bestas lunares estavam totalmente despreparadas. Os três prisioneiros jaziam amarrados e inertes perto do fogo, enquanto os coisas-sapo captores se estendiam ao redor deles, vencidos pelo sono. Os semi-humanos escravizados também dormiam, e mesmo os vigias negligenciavam um dever que, naquele reino, devia lhes parecer simplesmente rotineiro.

O ataque final dos noctétricos e dos ghouls que os montavam foi muito repentino, e cada uma das heréticas coisas-sapo cinzentas e os semi-humanos escravizados foram todos capturados por um grupo de noctétricos antes mesmo que se ouvisse qualquer ruído. As bestas lunares, claro, eram mudas, ainda assim, os escravizados tiveram pouca chance de gritar antes que patas borrachentas os silenciassem sufocados. Foram horríveis as contrações daquelas enormes aberrações gelatinosas quando os noctétricos as agarraram, mas nada podia contra a força daquelas preênseis garras negras. Quando uma besta lunar se debatia com muita violência, os noctétricos agarravam e puxavam os vibrantes tentáculos rosados, o que parecia doer tanto que a vítima parava de lutar. Carter estava preparado para ver uma carnificina, mas constatou que os ghouls tinham planos muito mais sutis. Guinchavam ordens simples aos noctétricos que se ocupavam dos reféns e deixavam o resto a cargo do instinto; e logo as infelizes criaturas foram levadas, em silêncio, até o Grande Abismo, para ser distribuídas de maneira imparcial entre os dholes, gugs, ghasts e outros habitantes das trevas, cujos hábitos alimentares não são exatamente indolores para as vítimas. Nesse meio-tempo, os três ghouls foram desamarrados e consolados por seus semelhantes vitoriosos, ao passo que vários grupos vasculhavam a vizinhança, à procura de bestas lunares remanescentes, e subiam a bordo da fétida galé negra no cais para garantir que nada escapasse à derrota geral. Certamente a captura fora completa, já que nenhum sinal de vida foi detectado pelos vencedores. Carter, ansioso por preservar uma via de acesso ao restante das terras oníricas, insistiu em que não afundassem a galé ancorada, pedido prontamente atendido como um gesto de gratidão por ele haver comunicado os suplícios impostos ao trio de prisioneiros. No navio, encontraram curiosíssimos objetos e adornos, e Carter lançou alguns deles ao mar no mesmo instante.

Ghouls e noctétricos se dividiram em grupos separados, e os primeiros começaram a questionar os reféns acerca do que acontecera. Parecia que os três haviam acatado as instruções de Carter e partido do Bosque Encantado rumo a Dylath-Leen, passando por Nir e pelo rio Skai, roubando roupas humanas em uma fazenda isolada e fazendo seu melhor para imitar a maneira de caminhar dos homens. Nas tavernas de Dylath-Leen, seus modos e rostos grotescos suscitaram muitos comentários, mas eles continuaram a fazer perguntas sobre o caminho a Sarkomand até que um velho viajante veio em seu auxílio. Então, descobriram que apenas um navio que fizesse a rota Lelag-Leng serviria a seu propósito e decidiram aguardar pacientemente por uma embarcação.

Mas, sem sombra de dúvida, espiões malignos os denunciaram, já que, em pouco tempo, uma galé negra aportou e os mercadores de rubis com bocas largas convidaram os ghouls para beber em uma taverna. O vinho de uma daquelas sinistras garrafas entalhadas em um único rubi foi servido e, depois disso, os ghouls se viram aprisionados na galé negra como havia sucedido anteriormente com Carter. Dessa vez, no entanto, os remadores invisíveis não a conduziram à lua, e sim à antiga Sarkomand, evidentemente dispostos a levar os prisioneiros à presença do Sumo Sacerdote que não deve ser descrito. A galé se deteve no mar boreal, próximo ao rochedo escarpado evitado pelos marinheiros de Inganok e, nesse ponto, os ghouls viram pela primeira vez os verdadeiros mestres da embarcação, ficando nauseados com tamanha deformidade maligna e asqueroso odor, apesar dos próprios hábitos insalubres. Ali, descobriram também os inomináveis passatempos da guarnição de coisas-sapo, diversões responsáveis pelos uivos tão temidos pelos homens. Depois, seguiu-se o desembarque em meio às ruínas de Sarkomand e o início das torturas, cuja continuação foi impedida pelo presente resgate.

Logo depois, começaram a discutir os planos para o futuro, e os três ghouls resgatados sugeriram um ataque repentino ao rochedo escarpado e o extermínio das tropas de coisas-sapo que havia ali. No entanto, os noctétricos se opuseram a tal decisão, uma vez que a perspectiva de voar sobre a água não lhes agradava. A maioria dos ghouls era a favor do plano, mas não via como realizá-lo sem a ajuda dos noctétricos alados. Carter, então, ao ver que as criaturas não conseguiam navegar a galé ancorada, ofereceu-se para ensiná-los a usar as grandes baterias de remos, e sua proposta foi aceita com entusiasmo. Um dia cinzento despontara e, sob o plúmbeo firmamento do norte, um seleto destacamento de ghouls embarcou no abjeto navio, ocupando os bancos dos remadores. Carter descobriu que tinham bastante aptidão para aprender e, antes que a noite caísse, já arriscara várias viagens experimentais ao redor do porto. No entanto, apenas depois de três dias, acreditou ser prudente se lançar à viagem de conquista. Com os remadores treinados e os noctétricos acomodados em segurança no castelo de proa, o grupo zarpou enfim, enquanto Pickman e os outros chefes se reuniam no convés para discutir as formas de abordagem e ataque.

Desde a primeira noite, ouviram-se os uivos vindos do rochedo. Ressoavam com um timbre tão terrível que a tripulação da galé tremia a olhos vistos, mas certamente quem mais estremeceu foram os três ghouls resgatados, que sabiam precisamente o que significavam aqueles uivos. Ficou decidido que seria melhor evitar um ataque noturno, por isso, o navio permaneceu imóvel sob as nuvens fosforescentes, à espera do despontar de mais um dia cinzento. Quando havia luz suficiente e os uivos cessaram, os remadores retomaram seu esforço, e a galé foi se aproximando mais e mais do rochedo escarpado, cujos pináculos de granito pareciam se agarrar fantasticamente ao sombrio céu. As encostas do penhasco eram demasiado íngremes, contudo, em saliências aqui e ali, viam-se os muros abaulados de estranhas habitações sem janelas e os gradis baixos que protegiam as elevadas rodovias mais movimentadas. Nunca uma embarcação humana se aproximara tanto do lugar ou, pelo menos, jamais havia retornado depois de fazê-lo; no entanto, Carter e os ghouls continuaram impassíveis e seguiram adiante, contornando a face leste da encosta, à procura dos cais mais ao sul, que, segundo o trio resgatado, localizavam-se no interior de um porto formado por íngremes promontórios.

Esses promontórios consistiam em extensões da própria ilha, e chegavam tão perto uns dos outros que apenas um navio poderia passar por vez. Não parecia haver vigias à vista, por isso, a galé foi guiada intrepidamente pelo estreito em forma de canal, rumo ao interior do fétido e estagnado porto mais além. Ali, entretanto, havia muito movimento e atividade, com vários navios ancorados se balançando ao longo de um ameaçador cais de pedra e dezenas de semi-humanos escravizados e bestas lunares na zona portuária carregando caixas e caixotes, ou conduzindo horrores inomináveis e fabulosos atrelados a pesadas carroças. Havia um pequeno vilarejo de pedra construído com o material extraído do penhasco vertical acima dos cais, e o início de uma estrada sinuosa desaparecia da vista em uma espiral na direção das saliências mais altas do rochedo. Ninguém saberia dizer o que havia no interior daquele prodigioso pico de granito, embora as coisas que se via do lado de fora não fossem nada encorajadoras.

Ao ver a galé entrando no porto, a multidão nos cais exibiu enorme interesse; os que tinham olhos observavam o navio atentamente e, aqueles que não os tinham, retorciam os tentáculos rosados em expectativa. Certamente não haviam percebido que o navio negro mudara de mãos, já que os ghouls são bastante parecidos com os semi-humanos dotados de chifres e cascos, e os noctétricos estavam fora do campo de visão. Àquela altura, os líderes já haviam elaborado um plano detalhado, que consistia em soltar os noctétricos tão logo chegassem ao cais e se afastar no mesmo instante, para que o assunto fosse resolvido pelos instintos daquelas criaturas quase irracionais. Uma vez abandonados no rochedo, os voadores chifrudos logo teriam o impulso de agarrar todas as coisas vivas que encontrassem e, depois, tomados pelo instinto de voltar para casa, iriam se esquecer do medo da água e retornariam voando a toda velocidade para o abismo, levando as horrendas presas a um destino apropriado na escuridão, de onde poucos sairiam com vida.

O ghoul que no passado fora Pickman desceu ao convés e transmitiu as simples instruções aos noctétricos, enquanto o navio se aproximava dos agourentos e malcheirosos cais. Fez-se logo um burburinho na zona portuária, e Carter percebeu que a movimentação do navio começara a levantar suspeitas. Ficou evidente que o timoneiro não se dirigia à doca correta, e decerto os vigias haviam percebido a diferença entre os horrendos ghouls e os semi-humanos escravizados cujos lugares ocupavam. Algum alarme silencioso deve ter sido disparado, pois quase instantaneamente uma horda das pestilentas bestas lunares começou a se despejar pelas portinholas negras das casas sem janelas, descendo a estrada sinuosa à direita. Uma chuva de curiosos dardos atingiu a galé assim que a proa tocou o cais, alvejando dois ghouls e ferindo de leve um terceiro; nesse instante, contudo, todas as escotilhas foram abertas para dar passagem a uma nuvem negra de ruidosos noctétricos, que se lançaram por toda a cidade como uma revoada de gigantescos morcegos chifrudos.

As gelatinosas bestas lunares haviam providenciado uma longa vara e tentavam empurrar o navio invasor para longe, mas, com a investida dos noctétricos, não pensaram mais nisso. Era um terrível espetáculo ver aqueles fazedores de cócegas borrachentos e sem rosto entregues a seu passatempo, e causava uma tremenda impressão ver a densa nuvem de criaturas se espalhar pelo vilarejo e subir pela estrada sinuosa até o alto do rochedo. Às vezes, um grupo dos voadores negros largava uma coisa-sapo cativa por engano em pleno voo, e a maneira como a vítima estourava ao cair era extremamente ofensiva à visão e ao olfato. Quando o último dos noctétricos saiu da galé, os líderes dos ghouls guincharam uma ordem de retirada, e os remadores se afastaram silenciosamente do porto pela passagem entre os promontórios cinzentos, enquanto o vilarejo mergulhava no caos da batalha e da conquista.

O ghoul Pickman dispôs de várias horas até que os noctétricos tomassem a decisão em sua mente rudimentar de vencer o medo de atravessar voando o mar, e manteve a galé a cerca de dois quilômetros ao largo do rochedo escarpado, enquanto aguardava e cuidava das lesões dos homens feridos. A noite caiu e o crepúsculo cinzento deu lugar à fosforescência doentia das nuvens baixas e, durante todo esse tempo, os líderes vigiavam os elevados picos da encosta maldita, buscando sinais do voo dos noctétricos. A manhã já se anunciava quando um ponto preto planou hesitante acima do pináculo mais alto e, logo depois, aquele ponto se tornou um enxame. Pouco antes do raiar do dia, o enxame pareceu se dispersar e, dentro de quinze minutos, já havia desaparecido por completo na direção nordeste. Por uma ou duas vezes, algo pareceu cair do enxame disperso nas águas do mar, mas Carter não se preocupou, pois sabia que as bestas lunares parecidas com sapos não sabem nadar. Por fim, quando os ghouls haviam se convencido de que todos os noctétricos haviam retornado para Sarkomand e o Grande Abismo com seus fardos condenados à morte, a galé retornou ao porto pela passagem entre os promontórios cinzentos; e toda a horrenda companhia desembarcou e explorou com curiosidade a rocha nua com suas torres, pináculos e fortalezas cinzeladas na pedra sólida.

Assustadores foram os segredos revelados nessas diabólicas criptas sem janelas, pois ainda se via muitos restos de passatempos inacabados, em diversos estágios de decomposição. Carter aniquilou algumas das coisas remanescentes que continuavam vivas de certa forma e fugiu às pressas de outras, as quais não tinha muita certeza do que se tratavam. A maioria das fétidas casas era mobiliada com grotescos tamboretes e bancos de madeira lunar entalhados, e pintada com desenhos inomináveis e frenéticos. Incontáveis armas, implementos e enfeites se espalhavam por todo lado, incluindo grandes ídolos de rubi maciço representando seres singulares, inexistentes na Terra. Esses ídolos, apesar do material de que eram feitos, não despertavam nenhum interesse de posse ou inspeção prolongada; e Carter se deu ao trabalho de martelar cinco deles a estilhaços bem pequenos. Recolheu as lanças e dardos espalhados e, com a aprovação de Pickman, distribuiu-os entre os ghouls. Essas armas eram novidade para os caninos saltitantes, mas sua relativa simplicidade lhes permitia aprender a dominá-las depois de ouvirem umas poucas e concisas explicações.

As regiões superiores do rochedo abrigavam mais templos do que residências particulares, e em diversas câmaras escavadas na rocha foram encontrados terríveis altares entalhados e fontes e altares com duvidosas manchas, para a adoração de coisas mais monstruosas do que os deuses selvagens no alto de Kadath. Dos fundos do grande templo, estendia-se uma passagem negra e baixa, por onde Carter seguiu, empunhando uma tocha, até chegar a um obscuro saguão abobadado de enormes proporções, cujas abóbadas eram recobertas por demoníacos entalhes e em cujo centro se escancarava um poço fétido e sem fundo, como o que havia no horrendo monastério de Leng, onde medita sozinho o Sumo Sacerdote que não deve ser descrito. Na sombra do distante lado oposto, diante do abjeto poço, Carter imaginou ter visto uma portinhola estranhamente forjada de bronze, mas, por algum motivo, sentiu um pavor inexplicável de abri-la ou mesmo se aproximar dela, e voltou às pressas pela caverna para reencontrar os repugnantes aliados, que cambaleavam ao redor com uma tranquilidade e abandono que lhe era impossível sentir. Os ghouls tinham assistido ao passatempo inacabado das bestas lunares e dele extraído todo o proveito que podiam. Também haviam encontrado uma barrica do potente vinho lunar, e o carregavam até os cais para levá-lo e, posteriormente, usá-lo em negociações diplomáticas, embora o trio resgatado, ao se lembrar do efeito que o vinho provocara em Dylath-Leen, tivesse pedido aos demais ghouls da companhia que nem sequer o provassem. Havia também um grande estoque de rubis das minas lunares, brutos e lapidados, em uma das abóbadas próximas à água, mas, quando os ghouls descobriram que não eram comestíveis, perderam todo o interesse por eles. Carter não quis levá-los consigo, pois sabia coisas demais a respeito dos seres que os haviam minado.

De repente, ouviu-se o guinchar entusiasmado de todos os vigias nos cais, e os repugnantes ghouls interromperam suas tarefas para se reunir na zona portuária e olhar na direção do oceano. Em meio aos promontórios cinzentos, outra galé negra se aproximava a grande velocidade e, em poucos instantes, os semi-humanos a bordo perceberiam a invasão do vilarejo e soariam o alarme aos seres monstruosos ocultos sob o convés. Por sorte, os ghouls ainda empunhavam as lanças e dardos que Carter distribuíra e, sob seu comando, apoiado pelo ser que fora Pickman, formaram uma linha de combate pronta para impedir que o navio aportasse. Logo depois, uma intensa movimentação na galé anunciou que a tripulação descobrira a recente mudança na situação, e a parada imediata da embarcação revelou que a superioridade numérica dos ghouls fora percebida e levada em conta. Passado certo momento de hesitação, os recém-chegados deram meia-volta em silêncio e deixaram os promontórios cinzentos para trás, mas nem por um instante os ghouls imaginaram que o conflito fora evitado. Ou a galé negra buscaria reforços, ou a tripulação tentaria atracar em outro ponto da ilha; então, enviou-se um grupo de batedores ao pináculo para ver qual seria o curso do inimigo.

Em pouquíssimos minutos, um ghoul ofegante retornou com notícias de que as bestas lunares e os semi-humanos escravizados estavam desembarcando perto do mais oriental dos íngremes promontórios cinzentos, subindo por caminhos e saliências ocultos que apresentariam dificuldade para escalar em segurança até mesmo a um cabrito-montês. Quase imediatamente, a galé tornou a ser avistada no estreito semelhante a um canal, mas apenas de relance. Então, momentos depois, um segundo mensageiro ofegante chegou, dizendo que mais um grupo estava desembarcando em outro promontório, e que ambos eram bem mais numerosos do que se suporia caber em uma galé daquele tamanho. O próprio navio, que se deslocava com lentidão em virtude do reduzido número de remadores, logo surgiu em meio aos penhascos, e ancorou no porto fétido, como que para presenciar o combate iminente e intervir em caso de necessidade.

A essa altura, Carter e Pickman haviam dividido os ghouls em três grupos, dois que iriam enfrentar as colunas de invasores, e um que permaneceria no vilarejo. Os dois primeiros não se demoraram a escalar as rochas nas respectivas direções, e o terceiro foi subdividido em uma equipe terrestre e outra, marítima. A equipe marítima, comandada por Carter, subiu a bordo do navio ancorado e remou ao encontro da recém-chegada galé com tripulação insuficiente, que recuou pelo estreito e voltou para o alto-mar. Carter preferiu não iniciar uma perseguição imediatamente, pois sabia que seria mais necessário nos arredores do vilarejo.

Enquanto isso, os temíveis destacamentos de bestas lunares e semi-humanos haviam se arrastado até o topo dos promontórios, e suas chocantes silhuetas se projetavam em ambos os lados do rochedo contra o céu crepuscular cinzento. As flautas finas e infernais dos invasores começaram a soar, e o efeito geral daquelas procissões híbridas e semiamorfas era tão nauseante quanto o odor exalado pelas blasfemas coisas-sapo lunares. Então, os dois grupos de ghouls reapareceram e se juntaram ao panorama de silhuetas contornadas. Dardos começaram a voar de ambos os lados, e os guinchos estridentes dos ghouls, somados aos uivos bestiais dos semi-humanos, pouco a pouco se juntaram aos lamentos das flautas para culminar em um frenético e indescritível caos de cacofonia demoníaca. De vez em quando, das estreitas cristas dos promontórios caíam corpos no mar ou no porto, sendo logo tragados, no último caso, por certos predadores submarinos cuja presença era indicada apenas por prodigiosas bolhas.

Por meia hora, a dupla batalha se acirrou contra o céu, até que os invasores no penhasco a oeste fossem completamente aniquilados. A leste, no entanto, onde o líder das bestas lunares parecia estar presente, os ghouls não haviam se saído tão bem e, aos poucos, retrocederam até as encostas do próprio pináculo. Pickman havia rapidamente ordenado reforços da frente de batalha que estava no vilarejo, e eles foram de grande ajuda nos primeiros estágios do combate. Então, quando a batalha no penhasco ocidental terminou, os sobreviventes vitoriosos se apressaram em ajudar os colegas em apuros, virando a maré e forçando os invasores a voltar pela estreita crista do promontório. A essa altura, os semi-humanos haviam sido aniquilados, mas as horrendas coisas-sapo que restavam lutavam desesperadamente com as imensas lanças empunhadas nas robustas e asquerosas patas. Os dardos já estavam prestes a terminar, e a luta se transformou em um combate corpo a corpo contra os poucos lanceiros que conseguiram se reunir naquela estreita crista.

À medida que a fúria e a imprudência se intensificavam, o número de combatentes que caía ao mar crescia. Os que despencavam no porto encontravam a inominável extinção dos borbulhadores invisíveis, porém os que caíam no mar conseguiam nadar até a base dos penhascos e pousar nas rochas mais baixas, enquanto a galé inimiga resgatava várias bestas lunares. A não ser no ponto onde os monstros haviam desembarcado, os penhascos eram impossíveis de escalar, assim, nenhum dos ghouls nas rochas pôde voltar à linha de batalha. Alguns foram mortos por dardos da galé hostil ou das bestas lunares no alto, mas uns poucos sobreviveram até serem resgatados. Quando a segurança das equipes terrestres parecia garantida, a galé de Carter avançou por entre os promontórios e afastou o navio inimigo em direção ao mar, parando para resgatar os ghouls que estavam nas pedras ou nadando no oceano. Várias bestas lunares atiradas pelas ondas nas rochas ou recifes foram rapidamente liquidadas.

Por fim, com a galé das bestas lunares a uma distância segura e o exército invasor concentrado em um único ponto, Carter desembarcou com uma força considerável no promontório do leste, na retaguarda do inimigo, e o combate durou muito pouco depois disso. Atacadas de ambos os lados, as abjetas coisas-sapo foram rapidamente cortadas em pedaços ou empurradas em direção ao mar e, ao entardecer, os chefes dos ghouls já haviam declarado a ilha livre delas. Enquanto isso, a galé hostil havia desaparecido, e ficou decidido que seria melhor evacuar o maligno rochedo escarpado antes que uma horda invencível de horrores lunares pudesse ser reunida e lançada contra os vencedores.

Então, à noite, Pickman e Carter agruparam todos os ghouls e os contaram com todo cuidado, descobrindo que mais de um quarto fora perdido nas batalhas do dia. Os feridos foram acomodados em beliches na galé, já que Pickman sempre desencorajou o velho hábito dos ghouls de matar e comer os próprios feridos, e os soldados ilesos foram mandados aos remos e a outros postos onde pudessem ser úteis. A galé partiu sob as baixas nuvens fosforescentes da noite, e Carter não lamentou deixar aquela ilha de mistérios insalubres, cujo escuro saguão abobadado com seu poço sem fundo e a repugnante porta de bronze continuava a lhe assombrar a mente. A aurora surpreendeu o navio diante dos arruinados cais basálticos de Sarkomand, onde uns poucos noctétricos permaneciam de guarda, agachados como gárgulas pretas e chifrudas no alto das colunas quebradas e das deterioradas esfinges na terrível cidade que vivera e morrera antes mesmo do surgimento do homem.

Os ghouls montaram acampamento em meio às pedras tombadas de Sarkomand e despacharam um mensageiro, solicitando noctétricos suficientes para lhes servir de montaria. Pickman e os outros chefes agradeceram efusivamente a ajuda prestada por Carter, que começava a perceber que seus planos estavam amadurecendo bem, podendo-se valer da colaboração daqueles temíveis aliados não apenas para deixar aquela parte das terras oníricas, como também para levar adiante a busca final pelos deuses no alto da desconhecida Kadath e pela cidade ao pôr do sol, a que, por estranhos motivos, os próprios deuses lhe negavam acesso. Assim, Carter discutiu esses assuntos com os líderes dos ghouls, dizendo-lhes que sabia da existência da devastação gelada onde se situa Kadath, dos monstruosos shantaks e das montanhas esculpidas com as imagens de duas cabeças que guardam a cidade. Mencionou o medo que os shantaks têm dos noctétricos, e como os vastos pássaros hipocéfalos fogem aos gritos das tocas negras no alto dos sombrios picos cinzentos que separam Inganok da odiosa Leng. Falou, também, do que aprendera a respeito dos noctétricos nos afrescos do monastério sem janelas do Sumo Sacerdote que não deve ser descrito, enfatizando que até mesmo os Grandes Deuses os temem, e que o mestre dos noctétricos não é o caos rastejante Nyarlathotep, e sim o grisalho e imemorial Nodens, Senhor do Grande Abismo.

Carter guinchou todas essas coisas para a assembleia de ghouls e, em seguida, esboçou o pedido que tinha em mente, que não lhe parecia extravagante em vista dos serviços que acabara de prestar às criaturas saltitantes, borrachentas e caninas. Disse que precisava dos serviços de um número suficiente de noctétricos para carregá-lo em segurança ao distante reino dos shantaks e das montanhas esculpidas, rumo à devastação gelada, muito além dos caminhos de retorno percorridos por qualquer outro mortal.

Desejava voar até o castelo de ônix no alto da desconhecida Kadath na devastação gelada para suplicar aos Grandes Deuses pela cidade ao pôr do sol que eles lhe negavam; tinha certeza de que os noctétricos poderiam levá-lo até lá sem dificuldade, muito acima dos perigos da planície e das odiosas cabeças duplas das montanhas esculpidas, vigias eternamente agachados no crepúsculo cinzento, já que as criaturas chifrudas e sem rosto não poderiam ter receio de nenhum perigo da Terra, pois eram temidas pelos próprios Grandes Deuses. E mesmo que coisas inesperadas viessem dos Outros Deuses, que tendem a supervisionar os assuntos dos brandos deuses terrenos, os noctétricos não precisavam ter medo, pois os infernos exteriores são indiferentes aos voadores silenciosos e escorregadios que não servem a Nyarlathotep, curvando-se somente diante do poderoso e arcaico Nodens.

Um bando de dez ou quinze noctétricos, guinchou Carter, seria seguramente suficiente para manter qualquer número de shantaks a distância, embora talvez fosse preferível ter ghouls no grupo para conduzir as criaturas, uma vez que os costumes dos noctétricos eram mais conhecidos pelos ghouls do que pelos homens. O grupo poderia pousar em um ponto conveniente, no interior de quaisquer muralhas da fabulosa cidadela de ônix, e lá ficar à espera de seu retorno, ou de um sinal, enquanto ele se aventurava castelo adentro para fazer suas orações aos deuses da Terra. Se os ghouls escolhessem acompanhá-lo à sala do trono dos Grandes Deuses, ele ficaria muito agradecido, uma vez que sua presença conferiria mais peso e importância às preces. No entanto, não insistiria nesse assunto, pois desejava apenas o transporte de ida e volta até o castelo no alto da desconhecida Kadath e, caso os deuses se mostrassem favoráveis, até a maravilhosa cidade ao pôr do sol; ou de volta ao Portal do Torpor Profundo no Bosque Encantado, caso suas preces não dessem frutos.

Enquanto Carter falava, todos os ghouls ouviam com profunda atenção e, com o passar do tempo, o céu escureceu com a chegada do bando de noctétricos convocados pelos mensageiros. Os horrores alados se dispuseram em um semicírculo em torno do exército de ghouls, esperando respeitosamente enquanto os chefes caninos deliberavam a respeito do pedido do viajante terrestre. O ghoul que fora Pickman guinchou em tom grave com seus semelhantes e, no fim, Carter recebeu muito mais do que esperara a princípio. Assim como havia ajudado os ghouls a derrotar as bestas lunares, os ghouls haveriam de ajudá-lo na ousada viagem aos reinos de onde ninguém jamais retornara: colocariam à sua disposição não apenas alguns dos noctétricos aliados, como todo o exército acampado ali, com os combatentes ghouls veteranos e os noctétricos recém-chegados, à exceção de uma pequena guarnição que permaneceria para cuidar da galé negra capturada e dos espólios vindos da rocha escarpada em alto-mar. Alçariam voo pelos ares no momento que Carter escolhesse e, após sua chegada em Kadath, um grupo de ghouls poderia acompanhá-lo solenemente quando apresentasse seu pedido perante os deuses terrestres no castelo de ônix.

Movido por uma gratidão e uma satisfação indescritíveis, Carter começou a traçar os planos para a audaciosa viagem com os líderes dos ghouls. Ficou decidido que o exército voaria a grande altitude acima da horrenda Leng com seu monastério inominável e malignos vilarejos de pedra, parando apenas nos imensos picos cinzentos para checar, com os noctétricos, terror dos shantaks, quais daquelas galerias perfuravam os picos como uma colmeia. Então, dependendo dos conselhos que recebessem dessas criaturas, escolheriam o percurso final: ou chegariam a Kadath pelo deserto de montanhas esculpidas a norte de Inganok, ou pelos acessos mais ao norte da repulsiva Leng. Por mais caninos e desalmados que fossem, os ghouls e os noctétricos não temiam as revelações daqueles desertos inexplorados, tampouco sentiam qualquer terror respeitoso diante da ideia de Kadath se erguendo solitária com o misterioso castelo de ônix.

Por volta do meio-dia, ghouls e noctétricos se prepararam

para levantar voo, cada ghoul escolhendo um par de montarias chifrudas para transportá-lo. Carter foi instalado em um lugar próximo à dianteira da coluna ao lado de Pickman, e a linha de frente foi deixada a cargo de uma dupla fileira de noctétricos sem cavaleiros, que faria as vezes de vanguarda. A um breve guincho de Pickman, todo o chocante exército levantou voo, em uma nuvem digna de pesadelo, acima das colunas quebradas e das arruinadas esfinges da primitiva Sarkomand, cada vez mais alto, ultrapassando o enorme penhasco de basalto atrás do vilarejo, com o frio e estéril platô de Leng visível mais à frente. O anfitrião negro se elevou ainda mais alto, até que o próprio platô se tornasse pequeno sob ele; à medida que avançavam rumo ao norte por aquele platô de horror varrido pelo vento, Carter vislumbrou uma vez mais, com um calafrio, o círculo de brutos monolitos e a atarracada construção sem janelas, que ele sabia abrigar a pavorosa blasfêmia com máscara de seda, de cujas garras ele escapara por um triz. Dessa vez, o exército não reduziu a altitude ao passar como um bando de morcegos sobre a paisagem estéril, abandonando as débeis fogueiras dos insalubres vilarejos de pedra, e não se detendo para examinar os semi-humanos dotados de chifres e cascos que ali dançam por toda a eternidade ao som de flautas. Em dado momento, avistaram um pássaro shantak voando rente à planície que, ao ver o exército que se aproximava, fugiu gritando rumo norte em um pânico grotesco.

    Ao cair da tarde, chegaram aos escarpados picos cinzentos que formam a barreira de Inganok e planaram sobre aquelas estranhas cavernas próximas aos cumes que Carter se lembrava de ter inspirado tanto pavor nos shantaks. Diante dos insistentes guinchos dos líderes ghouls, um enxame de negros voadores chifrudos saiu de cada uma das elevadas tocas, com os quais os ghouls e os noctétricos do grupo enfim confabularam, por meio de medonhos gestos. Logo ficou claro que o melhor curso a seguir seria por sobre a devastação gelada ao norte de Inganok, pois as regiões mais ao norte de Leng são repletas de armadilhas invisíveis, temidas até mesmo pelos noctétricos, pois trata-se de influências abismais concentradas no alto de estranhas colinas, no interior de certas construções hemisféricas brancas, que o folclore popular associa de maneira desagradável aos Outros Deuses e o caos rastejante Nyarlathotep.

Os voadores dos cumes ignoravam quase tudo a respeito de Kadath, além do fato de que devia haver algum extraordinário prodígio em direção ao norte, onde os shantaks e as montanhas esculpidas montam guarda. Fizeram insinuações sobre as supostas anomalias na proporção das léguas inexploradas mais adiante, e recordaram vagos sussurros a respeito de um reino onde impera uma noite eterna; entretanto, não tinham nenhuma informação concreta a oferecer. Então, Carter e seu grupo agradeceram gentilmente e, depois de transpor os mais elevados pináculos de granito rumo aos céus de Inganok, desceram até o nível das fosforescentes nuvens noturnas, vislumbrando no horizonte aquelas terríveis gárgulas agachadas que tinham sido montanhas até que alguma gigantesca mão esculpisse o pavor em sua rocha virgem.

Ali elas se encontravam agachadas em um semicírculo infernal, as pernas na areia do deserto e os barretes varando as nuvens luminosas; sinistras, bicéfalas e em formato de lobo, com semblante enfurecido e a destra erguida, vigiando com monotonia e crueldade as fronteiras do mundo humano e protegendo com terror os confins de um gelado mundo boreal que não pertence ao homem. De seus hediondos regaços, ergueram-se os perversos shantaks de proporções elefantinas, e fugiram com guinchos ensandecidos quando a vanguarda de noctétricos foi avistada em meio às névoas celestiais. Rumo ao norte e acima dessas gárgulas montanhosas, o exército continuou seu voo, percorrendo léguas e mais léguas de deserto sombrio, sem avistar nem sequer um único ponto de referência. As nuvens se tornaram cada vez menos luminosas até que, por fim, Carter não conseguisse ver nada além da escuridão ao redor; mas as montarias aladas não hesitaram nem um instante sequer, pois haviam sido criadas nas mais negras criptas terrestres e não enxergavam com os olhos, e sim com toda a superfície úmida de seu corpo escorregadio. Seguiram sempre avante, passando por ventos de cheiro duvidoso e sons de procedência desconhecida, sempre envoltos por uma escuridão mais profunda, e cobrindo distâncias tão prodigiosas que Carter se perguntava se ainda continuavam nos limites das terras oníricas de nosso planeta.

De repente, no entanto, as nuvens se dispersaram e as estrelas surgiram com um brilho espectral no firmamento. Lá embaixo, tudo continuava mergulhado na escuridão, mas esses pálidos raios no céu pareciam estar vivos, com um significado e uma importância que jamais haviam possuído em outra parte. Não que as figuras das constelações fossem diferentes, mas as mesmas formas familiares pareciam revelar naquele instante um significado que até então permanecera obscuro. Tudo apontava para o norte, cada curva e cada asterismo do céu reluzente se tornaram parte de um enorme desenho, cuja função era impelir adiante primeiro o olhar e, depois, o observador, rumo a um misterioso e terrível objeto de convergência, para além da desolação gelada que se estendia infinitamente à frente. Carter olhou para o leste, onde, durante todo o trajeto ao longo de Inganok, agigantara-se a enorme cordilheira de picos intransponíveis e, uma vez mais, percebeu, delineada contra as estrelas, uma silhueta escarpada que revelava a continuidade daquela presença. Parecia ainda mais irregular naquele ponto, com rachaduras escancaradas e pináculos fantasticamente erráticos, e Carter estudou de perto as sugestivas voltas e inclinações daquele grotesco contorno, que parecia compartilhar com as estrelas um sutil impulso rumo ao norte.

Voavam a uma velocidade vertiginosa, e o observador tinha de se esforçar para captar todos os detalhes; subitamente vislumbrou, logo acima dos picos mais altos, um objeto escuro se movendo com as estrelas ao fundo, e cuja trajetória correspondia exatamente àquela descrita pelo bizarro grupo a que pertencia. Os ghouls também o haviam percebido, pois Carter escutou guinchos discretos ao redor e, por um instante, pensou que o objeto fosse um gigantesco shantak, de estatura muitíssimo superior à dos espécimes habituais. Logo, no entanto, percebeu que a teoria não se sustentava, já que a forma da coisa que pairava acima das montanhas não era a de um pássaro hipocéfalo. A silhueta delineada pelas estrelas ao fundo, necessariamente vaga, sugeria antes uma colossal cabeça com um barrete, ou ainda um par de cabeças, ampliadas infinitas vezes; e o rápido voo oscilante pelo céu dava a singular impressão de que prescindia de asas. Carter não conseguiu estabelecer em que lado das montanhas se encontrava o vulto, mas logo percebeu que tinha mais partes além das que vira pela primeira vez, já que obscurecia todas as estrelas em pontos onde a cordilheira apresentava profundas falhas.

Então, surgiu uma larga lacuna na cordilheira, onde os medonhos limites da transmontana Leng se juntavam à devastação gelada no lado em que ele se encontrava, por conta de um desfiladeiro por onde as estrelas projetavam um fraco brilho. Carter observou a falha com profunda atenção, sabendo que poderia chegar a ver, delineadas contra o céu, as partes inferiores da enorme coisa que voava ondulante sobre os pináculos. O objeto, em seguida, avançou um pouco, e todos os olhos do grupo ficaram fixos na rachadura, por onde a qualquer momento se revelaria a silhueta completa. Gradualmente, aquela gigantesca criatura acima dos picos se aproximou da falha, reduzindo um pouco a velocidade, como se consciente de ter deixado para trás o exército de ghouls. Passou-se mais um minuto de profundo suspense e, então, chegou o momento em que a silhueta completa se revelou, trazendo aos lábios dos ghouls um guincho sufocado de temor cósmico e perfurando a alma do viajante com um calafrio que jamais a abandonou por completo. Pois a gigantesca forma oscilante que pairava sobre a cordilheira não passava de uma cabeça — uma cabeça dupla com barretes — abaixo da qual, na terrível vastidão, saltava o horrendo corpo inchado que a sustentava, a monstruosidade com a altura de uma montanha que avançava furtiva e silenciosa, uma distorção que lembrava uma hiena misturada a uma gigantesca forma humanoide, trotando envolta em trevas com o céu ao fundo, enquanto o par de cabeças com barretes se elevava a meio do caminho do zênite.

Carter não perdeu a consciência nem sequer gritou, pois era um sonhador experiente; mas olhou para trás, horrorizado, e estremeceu ao ver outras silhuetas de cabeças monstruosas se delineando acima dos picos, balançando ondulantes e sorrateiras atrás da primeira. E, em linha reta, na retaguarda, três daquelas poderosas formas montanhosas foram avistadas com as estrelas austrais ao fundo, avançando na ponta dos pés como lobos e sacudindo os enormes barretes a milhares de metros de altura. As montanhas esculpidas, no entanto, não haviam permanecido agachadas naquele rígido semicírculo ao norte de Inganok com as destras erguidas. Tinham deveres a cumprir, e não eram negligentes. No entanto, era terrível que não falassem, e que jamais fizessem um único som ao caminhar.

Nesse meio-tempo, o ghoul que fora Pickman guinchou uma ordem aos noctétricos, e todo o exército se alçou ainda mais alto no ar. A coluna disparou na direção das estrelas até que nada mais pudesse ser visto no céu, nem a cinzenta cordilheira de granito que permanecia imóvel, nem as montanhas esculpidas com barretes que caminhavam. Tudo continuava envolto em trevas quando as legiões aladas se lançaram ao norte em meio às rajadas de ventos e às risadas invisíveis no éter e, em nenhum momento, um shantak ou qualquer outra entidade funesta se ergueu da desolação assombrada para persegui-los. Quanto mais longe iam, mais rápido avançavam, e logo a velocidade vertiginosa pareceu ultrapassar a da bala de um fuzil, aproximando-se à de um planeta na própria órbita. Carter se perguntava como, àquela velocidade, a Terra continuava a se estender lá embaixo, porém sabia que nas terras oníricas as dimensões têm estranhas propriedades. Tinha certeza de que estavam em um reino de noite eterna, e supunha que as constelações acima tivessem sutilmente acentuado seu alvo rumo ao norte, como se estivessem se erguendo para lançar o exército voador em direção ao vazio do polo boreal, como um saco virado do avesso para despejar os últimos resquícios de substância no interior.

Percebeu então, aterrorizado, que as asas dos noctétricos haviam parado de bater. As montarias chifrudas e sem rosto haviam dobrado os apêndices membranosos e adotado uma atitude passiva em meio a um vento caótico que rodopiava e ria, impelindo-os para a frente. Uma força extraterrestre capturara o exército, e tanto os ghouls como os noctétricos se viram impotentes diante de uma implacável corrente que os empurrava de maneira ensandecida com destino ao norte de onde nenhum mortal jamais retornara. Por fim, avistou-se no horizonte à frente uma pálida luz solitária, que se erguia cada vez mais à medida que eles se aproximavam, tendo sob si uma massa negra que obscurecia as estrelas. Carter achou que deveria ser alguma espécie de farol em uma montanha, pois apenas uma montanha poderia se erguer tão vasta a ponto de ser visível mesmo daquela altura tão prodigiosa.

A luz e a escuridão que a acompanhava se ergueram cada vez mais alto, até que metade do céu boreal fosse obscurecida pela massa de escarpas cônicas. Por mais alto que o exército estivesse voando, aquele clarão pálido e sinistro se elevava sempre acima deles, dominando monstruosamente todos os picos e referências terrestres, provando do éter despido de átomos em que giram infinitamente a lua e os planetas insanos. A montanha que surgia diante deles não era conhecida por homem nenhum. As mais altas nuvens sob eles não passavam de um tapete para sua base. A vertigem da camada superior da atmosfera não era mais do que um cinturão para seu ventre. Desdenhosa e espectral, ela escalava a ponte entre a terra e o céu, sempre negra na noite eterna, coroada com um diadema de estrelas desconhecidas cujos contornos espantosos e plenos de significado se tornavam mais nítidos a cada instante. Os ghouls guincharam maravilhados ao vê-la, e Carter estremeceu, temendo que todo o exército voador fosse feito em pedaços no impassível ônix daquele despenhadeiro gigantesco.

A luz continuou a se erguer cada vez mais alto até que, por fim, se misturasse aos mais elevados globos do zênite e, com um escárnio lúgubre, piscasse para os integrantes do bando. Todo o norte abaixo se encontrava mergulhado na escuridão, uma escuridão ininterrupta, petrificada e horrenda, que se erguia de profundezas infinitas a alturas sem fim, com apenas aquele pálido raio cintilando em um local inatingível, além do alcance da visão. Carter estudou a luz com mais atenção e distinguiu, enfim, as linhas que aquele fundo de trevas traçava contra as estrelas. Havia torres no topo daquela gigantesca montanha; horrendas torres coroadas por abóbadas em repugnantes e incalculáveis fileiras e aglomerados que transcendiam qualquer manufatura concebível da humanidade; ameias e terraços prodigiosos e ameaçadores, delineados de preto como miniaturas distantes contra o diadema estrelado cintilando perversamente ao fundo, nos limites extremos da visão. Arrematando a mais incomensurável dentre todas as montanhas, surgia um castelo que transcendia todo o pensamento mortal e resplandecia uma luz demoníaca. Então, Randolph Carter soube que sua busca terminara, e que contemplava acima de si o objetivo de todos os passos proibidos e visões audaciosas: a fabuloso e incrível morada dos Grandes Deuses, no topo da desconhecida Kadath.

Assim que se deu conta de tudo aquilo, Carter percebeu uma mudança na trajetória descrita pelo impotente grupo arrastado pelo vento. Eles passaram a ganhar altitude bruscamente, e não havia dúvidas de que o destino daquele voo era o castelo de ônix, de onde a luz pálida emanava. A enorme montanha negra estava tão próxima, que as encostas pareceram passar por eles a uma velocidade alucinante enquanto se viam avançar para o alto, mas, em meio àquela escuridão, era impossível distinguir qualquer coisa ali. Cada vez mais vastas assomavam as tenebrosas torres no alto do noturno castelo, e Carter percebeu que a construção beirava os limites do blasfemo de tão imensas. As pedras que as formavam poderiam muito bem ter sido extraídas por inomináveis operários do horrendo abismo de rocha no desfiladeiro ao norte de Inganok, pois tinham dimensões que faziam um homem parecer uma formiga ante os degraus da mais alta fortaleza da Terra. O diadema de estrelas desconhecidas, acima dos inúmeros torreões abobadados, cintilava com um brilho insalubre e doentio, e uma espécie de crepúsculo envolvia as tenebrosas muralhas de ônix escorregadio. Nesse instante, o raio pálido se revelou originário de uma única janela iluminada no alto das mais elevadas torres e, à medida que o exército indefeso se aproximava do cume da montanha, Carter julgou ter notado desagradáveis sombras esvoaçando por aquela região mal iluminada. Tratava-se de uma estranha janela em arco, com um desenho completamente desconhecido na Terra.

Em seguida, a rocha sólida deu lugar às gigantescas fundações do monstruoso castelo, e a velocidade a que o grupo avançava pareceu diminuir um pouco. Imensas muralhas surgiram à frente, e viu-se de relance um enorme portão, por onde os viajantes foram arrastados. A noite reinava no gigantesco pátio e, então, trevas ainda mais profundas vindas de coisas ocultas tomaram conta de tudo, quando um enorme portal em arco engoliu a coluna. Vórtices de vento frio sopravam úmidos por labirintos de ônix invisíveis, e Carter não saberia dizer que tipo de degraus e corredores gigantescos se estendiam em silêncio durante o trajeto das intermináveis contorções aéreas. O terrível mergulho na escuridão os impelia sempre para cima, sem que um único ruído, contato ou vislumbre interrompesse a impenetrável mortalha de mistério. Por maior que fosse o exército de ghouls e noctétricos, todos se perderam nos prodigiosos vazios daquele castelo supraterrestre. Quando, por fim, todo o espaço ao redor subitamente se iluminou com a luz tétrica daquele único aposento localizado na torre, cuja janela no topo servira de farol, Carter levou um bom tempo para discernir as muralhas longínquas e o teto distante, bem como para perceber que, na verdade, já não se encontrava no infinito espaço aberto do lado de fora.

Randolph Carter esperara entrar na sala do trono dos Grandes Deuses com dignidade e elegância, flanqueado e seguido por impressionantes fileiras de ghouls ordenadas cerimoniosamente, e oferecer suas orações como um mestre livre e poderoso entre os sonhadores. Ele sabia que os Grandes Deuses não estão além dos poderes de um mortal, e confiava na sorte para evitar que os Outros Deuses e o caos rastejante Nyarlathotep estivessem presentes naquele momento crucial, como ocorrera nas tantas outras vezes em que os homens haviam procurado os deuses da Terra nas moradas deles ou nas montanhas onde habitavam. Com seu hediondo séquito, esperava desafiar até mesmo os Outros Deuses caso houvesse necessidade, pois sabia que os ghouls não têm mestres, e que os noctétricos têm por senhor não o caos rastejante Nyarlathotep, e sim apenas o arcaico Nodens. Mas, agora, Carter constatava que a sobrenatural Kadath na devastação gelada é de fato rodeada por obscuros prodígios e vigias inomináveis, e que os Outros Deuses permanecem vigilantes, a fim de proteger os brandos e fracos deuses da Terra. Mesmo sem autoridade perante os ghouls e os noctétricos, essas blasfêmias irracionais e disformes do espaço exterior podem controlá-los quando preciso , por isso, Randolph Carter não pôde adentrar a sala do trono dos Grandes Deuses com as fileiras de ghouls como um livre e poderoso mestre entre os sonhadores. Arrastado e transportado por tempestades estelares dignas de um pesadelo e perseguido pelos horrores invisíveis da devastação boreal, todo o exército flutuava cativo e indefeso em meio à luz tétrica, caindo entorpecido no chão de ônix, quando, por força de um comando sem voz, os pavorosos ventos se dissolveram.

Randolph Carter não se viu diante de nenhum púlpito dourado, nem de um círculo augusto de entidades cingidas por halos e coroas, com olhos estreitos, orelhas de lóbulos compridos, nariz fino e queixo pontudo, cuja semelhança com o rosto esculpido em Ngranek pudesse identificá-los como aqueles a quem o sonhador deveria dirigir suas preces. Com exceção daquele único recinto na torre, o castelo de ônix no alto de Kadath estava às escuras, e os mestres não se encontravam ali. Carter chegara à desconhecida Kadath na desolação gelada, mas não achara os deuses. Ainda assim, a luz tétrica brilhava naquele único recinto da torre, apenas um pouco menor do que todo o restante do lado de fora, cujas paredes e teto distantes quase se perdiam do olhar entre as névoas onduladas e rarefeitas. Os deuses da Terra não estavam presentes, é verdade, embora não faltassem outras presenças mais sutis e menos visíveis. Onde os deuses brandos se ausentam, os Outros Deuses permanecem representados e, com toda a certeza, o castelo dos castelos de ônix não estava desabitado. Sob que forma ou formas de atrocidade o terror haveria de se revelar, Carter não poderia sequer imaginar. Ele sentia que aquela visita fora esperada, e lhe ocorreu que, durante todo o tempo, teria sido vigiado de perto pelo caos rastejante Nyarlathotep. É a Nyarlathotep, horror de formas infinitas, espírito tenebroso e mensageiro dos Outros Deuses, que as bestas lunares fúngicas servem; e Carter pensou na galé negra que desaparecera quando a maré da batalha se virou contra as anômalas coisas-sapo no rochedo escarpado em alto-mar.

Enquanto refletia sobre essas coisas, Carter se punha de pé cambaleante em meio à sua companhia de pesadelo quando, sem aviso, ressoou pelo infinito aposento mal iluminado o horrendo toque de uma trombeta demoníaca. Por três vezes, o terrível som estridente se repetiu e, quando os ecos da terceira nota escarnecedora se dissiparam, Randolph Carter percebeu que estava sozinho. Para onde, por que e como os ghouls e noctétricos haviam desaparecido estava além de sua compreensão. Carter sabia apenas que, subitamente, ele se viu sozinho, e que as forças que o espreitavam com escárnio ao redor não eram parte dos poderes benévolos das terras oníricas de nosso planeta. Logo depois, um novo som emergiu dos mais remotos cantos do recinto. Mais uma vez, tratava-se das notas ritmadas de uma trombeta, imbuídas, contudo, de uma qualidade totalmente distinta dos três sopros roucos que lhe haviam arrebatado seus fiéis associados. Naquela grave fanfarra ecoavam todas as maravilhas e melodias do sonho etéreo, paisagens exóticas de beleza inimaginada emanavam dos estranhos acordes e das inauditas cadências estrangeiras. Odores de incenso chegaram para se harmonizar às douradas notas musicais e, mais acima, uma intensa luz começou a brilhar, com cores que se alternavam em ciclos desconhecidos do espectro da Terra, acompanhando a música da trombeta em estranhas harmonias sinfônicas. Tochas flamejavam ao longe, e o rufar de tambores pulsava cada vez mais próximo, em ondas de tensa expectativa.

Em meio às névoas que se afinavam e à nuvem vinda de estranhos incensos, alinhavam-se colunas gêmeas de gigantescos negros escravizados vestindo tangas de seda iridescente. Traziam a cabeça amarrada a enormes tochas de metal reluzente, presas como capacetes, de onde a fragrância de obscuros bálsamos se espalhava em espirais de fumaça. Na mão direita, traziam varinhas de cristal com monstros lascivos entalhados nas pontas e, na mão esquerda, seguravam longas e finas trombetas prateadas, tocando-as alternadamente. Ostentavam braceletes e tornozeleiras de ouro e, entre cada par de tornozeleiras, estendia-se uma corrente, igualmente de ouro, que os obrigava a marchar de modo solene. No mesmo instante, ficou evidente que eram negros originários das terras oníricas de nosso planeta, mas pareceu menos provável que aqueles ritos e trajes pertencessem à Terra. A três metros de Carter, as colunas pararam e, ao fazê-lo, levaram bruscamente as trombetas aos grossos lábios. Selvagens e extáticas foram as notas que soaram a seguir, e ainda mais selvagem o grito que depois se ergueu em coro, saindo daquelas gargantas negras tornadas estridentes por meio de um estranho artifício.

Então, uma figura solitária desfilou a passos largos em meio à larga alameda entre as duas colunas, uma figura alta e esguia, com o rosto jovem de um antigo faraó, trajando alegres mantos multicoloridos e coroada por um diadema dourado que portava luz própria. A nobre figura se aproximou rapidamente de Carter, com um porte orgulhoso e um rosto moreno que encerravam todo o fascínio de um deus negro ou de um arcanjo decaído, e ao redor de seus olhos se espreitava o brilho lânguido de um temperamento caprichoso. Falou-lhe e, em um tom melodioso, fez ondular a música selvagem das correntes do rio Lete.

— Randolph Carter — disse a voz — você veio visitar os Grandes Deuses proibidos aos olhos dos homens. Observadores informaram os Outros Deuses a respeito dessa busca, e eles grunhiram enquanto rolavam e se debatiam irracionalmente ao som de flautas estridentes no tenebroso vazio supremo onde habita o demônio sultão cujo nome nenhum lábio ousa pronunciar em voz alta.

— Depois que Barzai, o sábio, escalou Hatheg-Kla para ver os Grandes Deuses dançarem e uivarem acima das nuvens ao luar, nunca mais retornou. Os Outros Deuses estavam lá, e fizeram o que se esperava deles. Zenig de Aphorat tentou chegar à desconhecida Kadath na devastação gelada e seu crânio se encontra agora incrustado em um anel no dedo mínimo daquele que não preciso nomear.

— Mas você, Randolph Carter, enfrentou bravamente todas as coisas das terras oníricas do seu planeta e, ainda assim, continua a arder com a chama dessa busca. Não chegou até aqui como um curioso qualquer, e sim como alguém que busca o que lhe é devido, e como alguém que jamais deixou de reverenciar os brandos deuses da Terra. Porém, os deuses o mantiveram longe da maravilhosa cidade ao pôr do sol vislumbrada em seus sonhos, unicamente em virtude da mesquinha ganância deles, pois, na verdade, ansiavam pela estranha beleza engendrada em seus devaneios, e juraram que dali em diante nenhum outro lugar poderia lhes servir de morada.

— Eles abandonaram o castelo na desconhecida Kadath para habitar a sua maravilhosa cidade. Passam os dias se divertindo nos palácios de mármore e, quando o sol se põe, saem para os jardins perfumados e admiram a glória dourada em templos e colunatas, nas pontes em arco e nas fontes de bacias prateadas, e também nas largas ruas decoradas com urnas repletas de flores e nas reluzentes fileiras de estátuas de marfim. E, quando a noite cai, eles sobem até os altos terraços orvalhados, sentam-se nos bancos de pórfiro entalhados para observar as estrelas, ou se debruçam sobre as pálidas balaustradas para admirar as encostas íngremes ao norte do vilarejo, onde as janelinhas das velhas empenas se iluminam, uma a uma, com a calmante luz amarela de velas rústicas.

— Os deuses amam a sua maravilhosa cidade, e não seguem mais o caminho dos deuses. Esqueceram-se dos lugares elevados da Terra e das montanhas que conheceram na juventude. A Terra não tem mais deuses que sejam realmente divinos, e apenas os Outros Deuses do espaço exterior reinam na esquecida Kadath. Em um vale distante da sua própria infância, Randolph Carter, os Grandes Deuses brincam sem nenhuma preocupação. Você sonhou bem demais, ó, sábio arquissonhador e, assim, acabou atraindo os deuses dos sonhos para longe do mundo das visões humanas a um mundo inteiramente seu, depois de construir, com seus pequenos devaneios infantis, uma cidade mais bela do que todas as fantasias que a precederam.

— Não convém aos deuses da Terra abandonar o trono para que a aranha fie ali sua teia, nem o reino, deixando que os Outros o ocupem à maneira sombria deles. De bom grado, os poderes exteriores deixariam o caos e o horror se abaterem sobre você, Randolph Carter, o causador dessa perturbação, se não soubessem que você é o único capaz de levar os deuses de volta à morada habitual deles. Nessa terra onírica semidesperta que lhe pertence, nenhum poder noturno há de se infiltrar, e só você é capaz de afastar os Grandes Deuses com gentileza da sua cidade ao pôr do sol e conduzi-los pelo crepúsculo boreal de volta à morada no alto da desconhecida Kadath na desolação gelada.

— Por isso, Randolph Carter, poupo sua vida em nome dos Outros Deuses, e exijo que sirva à minha vontade. Ordeno que saia em busca da cidade ao pôr do sol que lhe pertence, e que de lá afugente os sonolentos deuses ociosos e repelentes por quem o mundo onírico aguarda. Não será difícil encontrar a febre beatífica dos deuses, a fanfarra de trombetas sobrenaturais, o clamor de címbalos imortais, o mistério cujos lugar e significado o assombraram pelos corredores da vigília e nos abismos dos sonhos e o atormentaram com vislumbres de lembranças apagadas e a dor da perda de coisas maravilhosas e importantes. Não será difícil encontrar o símbolo e a relíquia dos seus dias de deslumbre, pois, em verdade, são a constante e eterna pedra preciosa em que todas essas maravilhas se cristalizaram para iluminar seus caminhos ao entardecer. Veja! Não é por mares desconhecidos, e sim de volta aos anos bem conhecidos que sua busca deve prosseguir, de volta às estranhas coisas brilhantes da sua infância e aos breves vislumbres ensolarados da magia que essas velhas cenas traziam a seus jovens olhos despertos.

— Pois saiba que sua cidade maravilhosa de ouro e mármore é apenas a soma do que você viu e amou na sua juventude. É a glória dos telhados nas colinas e janelas a oeste que flamejam ao pôr do sol em Boston, das flores na Câmara dos Comuns, da grande cúpula na colina e do emaranhado de empenas e chaminés no vale violeta, onde o rio Charles flui sonolento sob suas inúmeras pontes. Essas coisas todas, Randolph Carter, que você viu quando sua governanta o levava a passear de carrinho no esplendor da primavera, serão as últimas coisas que você há de ver com os olhos da memória e do amor. E há ainda a antiga Salem, onde paira o peso dos anos, e a espectral Marblehead, escalando seus precipícios que remontam aos séculos passados, e a glória das torres e dos pináculos de Salem vistos ao pôr do sol desde as distantes pastagens de Marblehead no outro lado do porto.

— Há também a bela Providence, graciosa e imponente com suas sete colinas acima do porto azul e seus terraços verdejantes que conduzem aos campanários e cidadelas de vivaz antiguidade; e Newport, que se ergue como um fantasma de seu fascinante quebra--mar. E também Arkham, que se estende com suas mansardas cobertas de musgo e intermináveis pastos rochosos; e a antediluviana Kingsport, ostentando chaminés antigas, cais abandonados e empenas elevadas, além da maravilha dos altos penhascos e do oceano envolto em névoas lácteas, com suas boias com sinos mais além.

— Os agradáveis vales de Concord, as ruas pavimentadas em Portsmouth e as curvas crepusculares das rústicas estradas de New Hampshire, onde olmos gigantescos ocultam os muros alvos das casas das fazendas e os rangidos se desprendem dos poços. Os portos salgados de Gloucester e os salgueiros assolados pelo vento de Truro. Paisagens de distantes cidades coroadas por campanários e colinas e mais colinas ao longo da costa norte, silenciosas encostas pedregosas e pequenos casebres recobertos de hera, protegidos por enormes rochas no interior de Rhode Island. O cheiro do mar e o perfume dos campos, o encanto dos bosques escurecidos, a alegria dos pomares e dos jardins ao amanhecer. Essas coisas, Randolph Carter, são a sua cidade, pois elas são seu próprio ser. A Nova Inglaterra o criou, e derramou na sua alma um fluido encanto imortal. Esse encanto, modelado, cristalizado e polido por anos de lembranças e sonhos, é a maravilha dos seus ilusórios terraços ao pôr do sol e, para encontrar o parapeito de mármore com curiosos vasos e gradis entalhados, para enfim descer os intermináveis degraus que levam à cidade de amplas praças e fontes coloridas, você precisa apenas voltar aos pensamentos e às visões da sua melancólica infância.

— Olhe! Através dessa janela brilham as estrelas da noite eterna. Mesmo agora, continuam a resplandecer sobre as cenas que você conheceu e acalentou, bebendo do próprio encanto para que possam continuar a reluzir com ainda mais beleza sobre os jardins do sonho. Lá está Antares, cintilando nesse exato instante sobre os telhados da rua Tremont, e você era capaz de vê-la da sua janela em Beacon Hill. Muito além das estrelas, abrem-se os abismos de onde meus mestres irracionais me enviaram. Um dia também você há de atravessá-los, mas se for sábio o bastante, você evitará tamanha imprudência, pois, dentre todos os mortais que foram e voltaram, somente um conseguiu resistir com a mente intacta aos insidiosos horrores do vazio. Terrores e blasfêmias roem uns aos outros em busca de espaço, e o mal reside em maior quantidade nas coisas pequenas do que nas grandes, como você pôde constatar pelo comportamento daqueles que tentaram entregá-lo em minhas mãos, embora eu não alimentasse nenhum desejo de causar sua ruína e teria lhe oferecido ajuda — não estivesse ocupado com outros desígnios ou não tivesse certeza de que você seria capaz de encontrar o caminho por conta própria. Evite, então, os infernos exteriores, e se apegue às coisas tranquilas e belas da sua juventude. Procure a sua cidade maravilhosa, e de lá afaste os Grandes Deuses desertores, mandando-os de volta gentilmente para as cenas da sua própria juventude, que aguardam inquietas pelo retorno deles.

— Mais fácil até do que o caminho das memórias vagas é o caminho que prepararei para você. Veja! Um monstruoso shantak se aproxima, conduzido por um escravo que, em nome da paz do seu espírito, achou melhor permanecer invisível. Monte e se prepare — assim! Yogash, o negro, irá ajudá-lo a cavalgar o horror escamoso. Siga na direção da mais brilhante estrela a sul do zênite, Vega; em duas horas, você estará acima dos terraços da sua cidade ao pôr do sol. Continue em frente até ouvir um canto distante à altura do éter. Além desse ponto, a loucura está à espreita; puxe então as rédeas do shantak quando a primeira nota lhe atrair. Olhe em direção à Terra e verá o imortal altar flamejante de Ired-Naa brilhar no alto de um templo sagrado. Esse templo é a cidade ao pôr do sol pela qual tanto anseia, trate de se pôr a caminho antes que se deixe enredar pela cantoria e se perca.

— Quando chegar à cidade, procure o mesmo parapeito elevado em que no passado você costumava admirar a glória que se descortinava à sua frente, esporeando o shantak até lhe arrancar um grito. Esse grito será ouvido e reconhecido pelos Grandes Deuses nos terraços perfumados, e, assim, serão acometidos por uma saudade tão profunda da antiga morada que nem mesmo as maravilhas da sua cidade poderão atenuar a falta do sinistro castelo em Kadath e do diadema de estrelas perenes que o coroa.

— Então, você deverá aterrissar no meio deles com o shantak, permitindo-lhes que vejam e toquem o abjeto pássaro hipocéfalo; enquanto isso, falará a respeito da desconhecida Kadath, da qual partiu há pouco tempo, relatando o abandono e a escuridão dos vastos salões por onde antigamente costumavam pular e brincar com um esplendor sobrenatural. E o shantak lhes falará à maneira dos shantaks, porém nada mais poderá fazer além de evocar as recordações de tempos passados.

— Você deverá falar repetidas vezes sobre a morada e a juventude dos Grandes Deuses, até que se ponham a chorar e peçam que lhes indique o caminho de volta há tanto tempo esquecido. Então, poderá soltar o shantak, que ascenderá ao céu e dará o grito da espécie; ao ouvi-lo, os Grandes Deuses, regozijando-se e pulando com a mesma alegria dos tempos antigos, se lançarão em seguida ao encalço do repugnante pássaro à maneira dos deuses, atravessando os profundos abismos do céu rumo às familiares torres e cúpulas de Kadath.

— Então, a maravilhosa cidade ao pôr do sol mais uma vez será sua, para que possa habitá-la e acalentá-la para todo o sempre, enquanto os deuses da Terra reinam nos sonhos dos homens na sede que lhes é habitual. Agora vá — a janela está aberta e as estrelas o aguardam lá fora! Seu shantak já ofega e estremece de ansiedade. Siga na direção de Vega noite afora, mas vire ao ressoar o canto. Não se esqueça desse aviso, pois, de outra forma, horrores inimagináveis podem sugá-lo rumo ao clamoroso e ululante abismo de loucura. E se lembre dos Outros Deuses, que são poderosos, irracionais e terríveis, e espreitam nos vazios exteriores. Trata-se de deuses a serem evitados.

— Hei! *Aa-shanta 'nygh!* A caminho! Mande os deuses da Terra de volta à morada na desconhecida Kadath e reze a todo o espaço para nunca mais me encontrar em nenhuma das minhas mil outras formas. Adeus, Randolph Carter, e tome cuidado, pois eu sou Nyarlathotep, o Caos Rastejante.

E Randolph Carter, ofegante e atordoado no dorso do medonho shantak, disparou gritando em direção ao espaço e avançou rumo ao gelado brilho azul da estrela boreal Vega olhando para trás apenas uma única vez, quando viu os aterrorizantes, amontoados e caóticos torreões de ônix iluminados pela solitária luz tétrica da janela que se erguia acima do ar e das nuvens das terras oníricas de nosso planeta. Imensos horrores poliposos deslizavam obscuros e invisíveis asas de morcego batiam em grande número ao redor, mas, mesmo assim, Carter se agarrava firmemente à mórbida crina do repugnante e escamoso pássaro hipocéfalo. As estrelas dançavam zombeteiras, formando, por vezes, pálidos símbolos fatais que o faziam se perguntar o porquê de não ter medo deles e se já os tinha visto antes; e, todo o tempo, os ventos do abismo uivavam em notas que sugeriam trevas e solidão além do cosmo.

Então, da cintilante abóbada logo à frente veio um silêncio portentoso, e todos os ventos e horrores se afastaram furtivamente, como a noite se afasta para dar lugar à aurora. Tremulando nas ondas reveladas pelos fios dourados de uma nebulosa, ergueu-se a tímida sugestão de uma melodia distante, que trazia acordes desconhecidos ao nosso universo e às nossas estrelas. Quando a música se intensificou, o shantak ergueu as orelhas e avançou, e Carter apurou o ouvido a fim de captar as belas melodias. Tratava-se de um canto, mas não o canto saído de uma voz. A noite e as esferas celestes o entoavam, e já era antigo quando o espaço, Nyarlathotep e os Outros Deuses nasceram.

O shantak voava cada vez mais depressa, e o cavaleiro se curvava cada vez mais para baixo, ambos inebriados pelas maravilhas dos estranhos abismos enquanto rodopiavam nas espirais cristalinas da magia exterior. Então, tarde demais veio à mente o aviso da entidade malévola, o sardônico alerta do emissário demoníaco que pedira ao explorador que evitasse a loucura daquela canção. Apenas para ridicularizá-lo, Nyarlathotep havia compartilhado o caminho seguro para a maravilhosa cidade ao pôr do sol, apenas para escarnecer o mensageiro negro revelara o segredo dos deuses ociosos, cujos passos poderia facilmente reverter sem precisar de ajuda. Pois a loucura e a vingança impiedosa do vazio são as únicas dádivas que Nyarlathotep confere aos presunçosos e, por mais frenéticos que fossem os esforços do viajante para desviar o rumo da repugnante montaria, o perverso shantak seguiu adiante impetuoso e convicto, batendo as enormes asas escorregadias em um júbilo maligno rumo àqueles abismos profanos que nem os sonhos alcançam, rumo à ultima profanação amorfa do mais profundo caos, onde borbulha e blasfema no centro infinito o irracional demônio sultão Azathoth, cujo nome não há lábios que ousem pronunciar.

Pertinaz e obediente às ordens do vil emissário, o pássaro infernal continuou em meio a cardumes de criaturas amorfas que espreitavam dando cambalhotas na escuridão e rebanhos vazios de entidades flutuantes, que estendiam as patas e tentavam se agarrar repetidamente, as larvas inomináveis dos Outros Deuses que, como eles, são cegas, irracionais e dotadas de fome e sede singulares.

Mais adiante, pertinaz e implacável, soltando gargalhadas hilárias em harmonia com os risos histéricos em que o canto da noite e das esferas celestes haviam se transformado, o sobrenatural monstro escamoso transportava seu cavaleiro indefeso, avançando e disparando, rasgando os confins supremos e atravessando os mais longínquos abismos, deixando para trás as estrelas e o reino da matéria e se precipitando como um meteoro através da ausência total de forma, rumo às inconcebíveis câmaras escuras, além do tempo em que Azathoth rói amorfo e faminto em meio ao abafado e enlouquecedor ritmo de tambores malignos e ao agudo e monótono lamento de flautas malditas.

Adiante, adiante, por tenebrosos abismos populosos que gritavam e gargalhavam... E, então, de uma tênue e abençoada distância, uma imagem e um pensamento ocorreram ao condenado Randolph Carter. Engenhoso fora o plano de Nyarlathotep para provocar e torturar, pois conjurara imagens que nenhuma rajada de terror gelado seria capaz de apagar. A antiga casa... a Nova Inglaterra... Beacon Hill... o mundo desperto.

"Pois saiba que sua cidade maravilhosa de ouro e mármore é apenas a soma do que você viu e amou na sua juventude..." "a glória dos telhados nas colinas e janelas a oeste que flamejam ao pôr do sol em Boston, das flores na Câmara dos Comuns, da grande cúpula na colina e do emaranhado de empenas e chaminés no vale violeta, onde o rio Charles flui sonolento sob suas inúmeras pontes..." "esse encanto, modelado, cristalizado e polido por anos de lembranças e sonhos, é a maravilha dos seus ilusórios terraços ao pôr do sol e, para encontrar o parapeito de mármore com curiosos vasos e gradis entalhados, para enfim descer os intermináveis degraus que levam à cidade de amplas praças e fontes coloridas, você precisa apenas voltar aos pensamentos e às visões da sua melancólica infância."

Adiante, adiante, em uma trajetória vertiginosa rumo ao juízo final, na escuridão onde patas cegas o apalpavam, focinhos viscosos o cutucavam e coisas sem nome gargalhavam, gargalhavam e gargalhavam. Mas a imagem e o pensamento haviam surgido, e Randolph Carter percebeu claramente que estava sonhando, apenas sonhando, e que, em algum lugar, escondida atrás do mundo desperto, a cidade da infância ainda existia. As palavras se fizeram ouvir mais uma vez: "Você precisa apenas voltar aos pensamentos e às visões da sua melancólica infância". Voltar... voltar... Não havia nada além de escuridão por todos os lados, mas, mesmo assim, Randolph Carter poderia voltar.

Em meio ao pesadelo alucinante que lhe agarrava os sentidos, Randolph Carter conseguia se virar e se mexer. Poderia se mexer e, se assim desejasse, poderia saltar das costas do demoníaco shantak que o carregava em direção a um destino sob as ordens de Nyarlathotep. Poderia saltar e desbravar as profundezas da noite que se escancaravam infinitamente para baixo, aquelas medonhas profundezas cujos terrores, contudo, não poderiam exceder a sentença indescritível que o aguardava à espreita no núcleo do caos. Ele poderia se virar, mexer-se e saltar... poderia... e assim faria... faria... e ia fazê-lo.

Para longe da abominação hipocéfala o condenado sonhador em desespero saltou, e por intermináveis vazios de escuridão senciente caiu. Éons se desenrolaram, universos morreram e tornaram a nascer, estrelas deram lugar a nebulosas, e as nebulosas deram lugar a estrelas, e Randolph Carter continuou a cair por infindáveis vazios de escuridão senciente.

Então, no lento e arrastado curso da eternidade, o derradeiro ciclo do cosmo mais uma vez estremeceu em uma completude fútil, e todas as coisas voltaram a ser como haviam sido incontáveis *kalpas*[4] atrás. A matéria e a luz tornaram a nascer como o espaço outrora as conhecera, e cometas, sóis e planetas ganharam vida irrompendo em chamas, embora nada houvesse sobrevivido para saber que haviam existido e desaparecido, existido e desaparecido infinitas vezes por toda a eternidade, desde um início que jamais fora o primeiro.

E, uma vez mais, surgiram o céu, o vento e o brilho de uma luz púrpura nos olhos do sonhador cadente. Viam-se deuses, presenças e vontades, a beleza e o mal, e os gritos da noite corrupta roubada de sua presa. Pois, através do último ciclo desconhecido, sobreviveram

---

4 Kalpa é uma palavra em sânscrito que designa um éon, longo período nas cosmologias hindu e budista. (N. do T.)

um pensamento e uma visão da infância do sonhador e, naquele instante, refizeram-se o mundo desperto e uma velha cidade acalentada que haveriam de corporificar e justificar essas coisas. Em meio ao vazio, o gás violeta S'ngac indicara o caminho, e o arcaico Nodens grunhia conselhos vindos de profundezas insondáveis.

As estrelas incharam até se tornarem auroras, e as auroras explodiram em fontes de ouro, carmim e púrpura, e, por todo esse tempo, o sonhador continuava a cair. Gritos varavam o éter enquanto raios de luz repeliam os demônios exteriores. E o grisalho Nodens soltou um uivo triunfante quando Nyarlathotep, próximo à pedreira, deteve-se ao perceber um clarão que abrasava seus amorfos horrores, reduzindo-os a cinzas. Randolph Carter havia enfim descido a ampla escadaria de mármore até a cidade maravilhosa, pois mais uma vez se encontrava no belo mundo da Nova Inglaterra que o forjara.

Então, ao som dos acordes do órgão em meio à miríade de assobios matinais e o brilho da manhã filtrado pelas vidraças arroxeadas junto ao grande domo dourado da Sede do Governo na colina, Randolph Carter despertou com um grito em seu quarto em Boston. Os pássaros cantavam em jardins ocultos, e o melancólico perfume se desprendia das trepadeiras plantadas pelo avô. Beleza e luz emanavam da lareira de estilo clássico, da cornija esculpida e das paredes bizarramente pintadas, enquanto um lustroso gato preto acordava com um bocejo do sono ao pé do fogo, perturbado pelo sobressalto e pelo grito do dono. E vastas infinitudes ao longe, para além do Portal do Torpor Profundo, do Bosque Encantado, da terra dos jardins, do Mar Cereneriano e das regiões crepusculares de Inganok, o caos rastejante Nyarlathotep entrou ressentido no castelo de ônix no alto da desconhecida Kadath na desolação gelada e provocou com insolência os brandos deuses da Terra, que ele arrancara bruscamente de folias perfumadas na maravilhosa cidade ao pôr do sol.

A FERA NA CAVERNA

A terrível conclusão que vinha se intrometendo gradualmente em minha mente confusa e relutante era agora uma terrível certeza. Estava perdido, completa e desesperadamente perdido, no vasto e labiríntico recesso da caverna Mammoth. Por mais que eu voltasse, em nenhuma direção minha visão cansada conseguiria se apoderar de qualquer objeto capaz de servir de guia para me colocar a caminho da saída. Para que nunca mais eu contemplasse a bendita luz do dia ou perscrutasse as agradáveis colinas e vales do belo mundo lá fora, minha razão não poderia mais abrigar a menor desconfiança. Fora-se a esperança. Contudo, doutrinado como fui por uma vida de estudo filosófico, tinha grande satisfação com meu comportamento desapaixonado, pois, embora tivesse lido frequentemente sobre os furores selvagens em que eram lançadas as vítimas de situações similares, não experimentara nada daquilo, e permaneci quieto assim que percebi que começava a perder minha sanidade.

    Tampouco o pensamento de que provavelmente fora além dos limites extremos de uma busca comum me fizera abandonar a compostura, mesmo por um momento. Se eu devia morrer, refleti, então essa terrível, mas majestosa caverna seria um sepulcro tão bem-vindo quanto o que qualquer cemitério poderia oferecer, um parecer que trazia consigo mais tranquilidade do que desespero.

    Meu destino seria morrer de fome, quanto a isso eu tinha certeza. Sabia que determinadas pessoas enlouqueceriam em circunstâncias como essa, porém sentia que esse fim não seria o meu. Meu desastre não era resultado de nenhuma falha além da minha, já que, sem o conhecimento do guia, eu me separara do grupo regular de turistas e, vagando por mais de uma hora nas alamedas proibidas da caverna, descobri-me incapaz de refazer as sinuosas curvas em que seguia desde que abandonara meus companheiros.

Minha tocha já começava a expirar, e logo ficaria envolto pela escuridão total e quase palpável das entranhas da terra. Enquanto eu estava parado na luz minguante e instável, perguntei-me indolente acerca das circunstâncias exatas de meu fim iminente. Lembrei-me dos relatos que tinha ouvido da colônia de tuberculosos que, ao tomar como morada esta gigantesca gruta para encontrar sua cura no ar aparentemente salubre do mundo subterrâneo, com sua temperatura constante e uniforme, seu ar puro e a calma quietude, haviam encontrado, em vez disso, a morte, de uma maneira estranha e apavorante. Eu vira os tristes restos de suas cabanas malfeitas ao passar por eles com o grupo, e imaginei que tipo de influência sobrenatural uma longa estada nesta caverna imensa e silenciosa teria sobre alguém tão saudável e vigoroso quanto eu. Agora, dizia soturnamente a mim mesmo que minha oportunidade de solucionar tal suposição havia chegado, desde que a falta de comida não apressasse minha partida desta vida.

À medida que os últimos raios intermitentes de minha tocha se dissipavam na obscuridade, resolvi não deixar pedra sobre pedra, nenhum meio possível de fuga negligenciado; então, convocando todos os poderes possuídos por meus pulmões, iniciei uma série de gritos altos, na vã esperança de atrair a atenção do guia com meu clamor. No entanto, ao fazê-lo, acreditei piamente que meus gritos eram inúteis e que minha voz, ampliada e refletida pelas inúmeras muralhas do labirinto negro ao meu redor, não alcançaria outros ouvidos além dos meus.

Subitamente, porém, minha atenção pôs-se em alerta quando imaginei ter ouvido o som de passos suaves se aproximando no terreno rochoso da caverna.

Minha libertação estava para ser conquistada cedo assim? Teriam, então, todas as minhas horríveis apreensões sido em vão, e o guia, tendo notado minha ausência injustificada do grupo, estava seguindo meu curso e me procurando neste labirinto de calcário? Enquanto essas alegres perguntas surgiam em meu cérebro, estive a ponto de renovar meus gritos, para que me descobrissem o quanto antes, quando, em um instante, minha alegria se transformou em horror conforme eu escutava; meu ouvido sempre aguçado havia se apurado ainda mais com o completo silêncio da caverna e me trazia à compreensão entorpecida o conhecimento inesperado e terrível de que aqueles passos não eram como os de qualquer homem mortal. Na quietude sobrenatural desta região subterrânea, o caminhar do guia usando botas teria soado como uma série de golpes agudos e incisivos. Esses impactos eram suaves e furtivos, como as patas de algum felino. Além disso, quando ouvi com atenção, pareceu-me esboçar a marcha de quatro pés, em vez de dois.

Estava agora convencido de que, com meus próprios gritos, despertara e atraíra alguma fera selvagem, quem sabe um leão da montanha que se perdera acidentalmente dentro da caverna. Talvez, pensei, o Todo-Poderoso tivesse escolhido uma morte mais rápida e misericordiosa do que a fome para mim; no entanto, o instinto de autopreservação, nunca totalmente adormecido, agitou-se em meu peito, e, embora a fuga do perigo iminente pudesse apenas me poupar para um fim mais severo e prolongado, decidi abrir mão da minha vida por um preço tão alto quanto pudesse pagar. Por mais estranho que possa parecer, minha mente não concebeu nenhuma intenção da parte do visitante além da hostilidade. Assim, fiquei muito quieto, na esperança de que a fera desconhecida, na ausência de um som que a guiasse, perdesse a direção como eu fizera, passando direto por mim. Mas essa esperança não estava destinada a se realizar, pois os estranhos passos avançavam de modo constante, o animal evidentemente tendo farejado meu cheiro, que em uma atmosfera tão absolutamente livre de todas as influências perturbadoras como a da caverna, poderia sem dúvida ser seguido a grande distância.

Vendo, portanto, que eu deveria estar pronto para me defender contra um ataque misterioso e invisível no escuro, tateei ao meu redor procurando o maior dos fragmentos de rocha que se espalhavam por todo canto no chão da caverna e, agarrando um em cada mão para uso imediato, aguardava com resignação o resultado inevitável. Enquanto isso, o horrendo tamborilar das patas se aproximava. Certamente, a conduta da criatura era extremamente estranha. Na maior parte do tempo, parecia se tratar dos passos de um quadrúpede, caminhando com uma falta singular de harmonia entre as patas traseiras e dianteiras, mas, com intervalos breves e ocasionais, imaginei que apenas dois pés estavam engajados no processo de locomoção. Perguntei-me que espécie de animal me confrontaria; deve ser, pensei, alguma fera infeliz que pagou por sua curiosidade, ao investigar uma das entradas da temível gruta, com um confinamento vitalício em seus intermináveis recessos.

Obteve como alimento, sem dúvida, os peixes sem olhos, morcegos e ratos da caverna, bem como alguns dos peixes comuns que chegam quando o rio Green transborda, uma vez que se comunica de alguma maneira oculta com as águas subterrâneas. Ocupei minha terrível vigília com grotescas conjecturas acerca de quais alterações a vida na caverna poderia ter causado na estrutura física da fera, lembrando a aparência horrível atribuída pela tradição local aos tuberculosos que morreram após uma longa estada ali. Então, lembrei-me assustado de que, mesmo que conseguisse derrubar meu adversário, jamais veria sua forma, pois minha tocha havia se extinguido há muito tempo e eu estava completamente desprovido de fósforos. A tensão em meu cérebro se tornou apavorante.

Minha imaginação desordenada evocou horrendas e assustadoras formas advindas da escuridão sinistra que me rodeava, e isso realmente parecia pressionar meu corpo. Mais perto, mais perto, os passos terríveis se aproximavam. Pareceu-me que eu deveria dar vazão a um grito estridente, porém, mesmo que eu continuasse absolutamente hesitante para tentar fazê-lo, minha voz mal poderia responder. Estava petrificado, enraizado no lugar. Eu duvidava que meu braço direito me permitiria lançar seu projétil na coisa que se aproximava quando o momento crucial chegasse. Agora, o ruído constante dos passos estava próximo;

muito perto, agora. Eu podia ouvir a respiração ofegante do animal e, apavorado como estava, percebi que ele devia ter vindo de uma distância considerável e estava, por isso, cansado.

De repente, o feitiço se quebrou. Minha mão direita, guiada por minha sempre fiel audição, jogou com força total o pedaço pontiagudo de calcário que segurava, em direção ao ponto na escuridão de onde emanavam os passos e a respiração, e que maravilha poder dizer que chegou a atingir seu objetivo, pois ouvi a coisa pular, aterrissando a certa distância, onde pareceu parar.

Tendo reajustado minha mira, disparei meu segundo projétil, desta vez com mais eficácia, pois, com uma inundação de alegria, ouvi a criatura cair no que parecia um colapso completo e, evidentemente, permaneceu deitada e imóvel. Quase dominado pelo grande alívio que rapidamente tomou conta de mim, cambaleei para trás contra a parede. A respiração continuou, em inalações e expirações pesadas e ofegantes, fazendo-me perceber que apenas havia ferido a criatura. E, agora, todo o desejo de examinar a coisa cessara. Por fim, algo parecido com um medo supersticioso e infundado penetrara minha mente, e não me aproximei do corpo, nem continuei a lhe atirar pedras para completar a extinção de sua vida. Em vez disso, corri a toda velocidade no que deveria ser a direção de onde vim — ou o lugar mais próximo que teria condições de estimar em minha exaltada condição. De repente, ouvi um som, ou melhor, uma sucessão regular de sons. Logo depois, eles se tornaram uma série de estalos agudos e metálicos.

Desta vez, não havia dúvida. Era o guia. E então gritei, clamei, berrei, até chorei de alegria quando vi nos arcos abobadados acima um clarão tênue e cintilante que eu sabia ser a luz refletida de uma tocha se aproximando. Corri para encontrar o sinalizador e, antes que pudesse entender completamente o que ocorrera, estava deitado no chão aos pés do guia, abraçando suas botas e tagarelando, apesar de minha alardeada reserva, da maneira mais idiota e despropositada, despejando minha terrível história e, ao mesmo tempo, dominando meu ouvinte com declarações de gratidão.

Por fim, voltei a algo parecido com minha consciência normal. O guia notara minha ausência após a chegada do grupo na entrada da caverna e, contando com o próprio senso intuitivo de direção, passou a fazer uma sondagem exaustiva pelos desvios existentes anteriores ao ponto onde falara comigo pela última vez, localizando meu paradeiro após uma busca de cerca de quatro horas.

Quando terminou de me contar tudo isso, eu, encorajado por sua tocha e sua companhia, comecei a pensar na estranha besta que havia ferido, a alguma distância na escuridão, e sugeri que averiguássemos, com a ajuda da luz, que tipo de criatura era minha vítima. Assim, refiz meus passos, desta vez com a coragem nascida do companheirismo, até o cenário de minha terrível experiência. Logo vimos um objeto branco no chão, ainda mais branco do que o próprio calcário reluzente. Avançando com cautela, acabamos soltando uma exclamação simultânea de admiração, pois, de todos os monstros anormais que qualquer um de nós contemplara em nossa vida, este era de longe o mais estranho de todos. Parecia ser um primata antropoide de grandes proporções, fugido, talvez, de algum zoológico itinerante.

Seus pelos eram brancos como a neve, sem dúvida consequência da ação clareadora de uma longa vida dentro dos confins escuros da caverna, e surpreendentemente ralos, na verdade quase inexistentes, exceto na cabeça, em que eram tão longos e abundantes que caíam sobre os ombros em considerável profusão. O rosto estava voltado para longe de nós, pois a criatura se deitara quase completamente sobre ele. A inclinação dos membros era muito singular, explicando, no entanto, a alternância em seu uso que eu notara antes, por meio da qual a besta usava às vezes todos os quatro e, em outras ocasiões, apenas dois dos membros para avançar.

Da ponta dos dedos das mãos ou dos pés, longas garras semelhantes às dos ratos se estendiam. As mãos ou os pés não eram preênseis, fato que atribuí à longa residência na caverna, que, como mencionei antes, parecia evidente pela brancura penetrante e quase sobrenatural tão característica de toda a sua anatomia. Tampouco parecia ter uma cauda.

A respiração agora se tornara muito fraca, e o guia sacou sua pistola com a evidente intenção de despachar a criatura, quando um súbito som emitido por ela fez com que a arma caísse sem uso. O som era de uma natureza difícil de descrever. Não tinha o timbre normal de nenhuma espécie conhecida de símio, e me pergunto se essa qualidade antinatural não seria o resultado de um silêncio prolongado e completo, quebrado pelas sensações produzidas pelo advento da luz, uma coisa que a besta não poderia ter visto desde sua primeira entrada na caverna. O som, que eu poderia debilmente tentar classificar como uma espécie de tagarelice grave, era vagamente contínuo.

De repente, um espasmo fugaz de energia pareceu passar pelo corpo da fera. As patas entraram em um movimento convulsivo e os membros se contraíram. Com um solavanco, o corpo branco rolou, fazendo com que o rosto se virasse em nossa direção. Por um momento, fiquei tão surpreso com os olhos que se revelaram que não notei mais nada. Eram olhos negros, profundos como piche, em horrendo contraste com o cabelo e a pele brancos como a neve. Como os de outros habitantes das cavernas, estavam profundamente afundados na órbita e totalmente destituídos de íris. Ao olhar mais de perto, vi que estavam inseridos em um rosto menos projetado do que o do macaco comum, e infinitamente menos peludo. O nariz era bastante distinto. Enquanto contemplávamos a assombrosa cena diante de nossa vista, os lábios grossos se abriram e vários sons saíram deles, após os quais a coisa relaxou na morte.

O guia agarrou a manga do meu casaco e tremeu tão violentamente que a luz começou a chacoalhar sem parar, lançando estranhas sombras em movimento nas paredes.

Não saí do lugar, e fiquei rigidamente imóvel, meus olhos horrorizados fixos no chão à frente.

O medo sumiu, e o assombro, o espanto, a compaixão e a reverência tomaram seu lugar, pois os sons proferidos pela figura abatida que jazia estendida sobre o calcário nos contaram a terrível verdade. A criatura que matara, a estranha fera da caverna inexplorada, era — ou havia sido — um HOMEM!

Além das Muralhas do Sono

𝒫erguntei-me muitas vezes se a maioria da humanidade já parou para refletir sobre o significado gigantesco dos sonhos e do mundo obscuro a que pertencem. Enquanto a maior parte de nossas visões noturnas talvez não seja mais do que reflexos remotos e fantásticos de nossas experiências quando acordados — Freud com seu simbolismo pueril ao contrário — ainda restam certos vestígios cujo caráter divino e etéreo não permite uma interpretação comum, e cujo efeito levemente provocador e inquietante sugere possíveis vislumbres minuciosos de uma esfera da existência mental não menos importante do que a vida física, ainda que separada dela por uma barreira praticamente intransponível. Pela minha experiência, não posso duvidar que o homem, quando perdido para a consciência terrestre, está de fato peregrinando em outra vida incorpórea de natureza muito diferente daquela que conhecemos, e da qual apenas as lembranças mais tênues e indistintas permanecem depois de acordar. A partir dessas memórias turvas e fragmentadas podemos inferir muito, mas provar pouco. Podemos supor que, nos sonhos, a vida, a matéria e a vitalidade, do modo como a Terra as conheces, não são necessariamente constantes; e que o tempo e o espaço não existem da maneira como o nosso ego desperto os compreendem. Às vezes, acredito que essa vida menos material seja nossa vida mais verdadeira, e que nossa vã presença no globo terrestre contenha em si mesma o fenômeno secundário ou meramente virtual.

Foi de um devaneio juvenil cheio de especulações desse tipo que me levantei uma tarde no inverno entre 1900 e 1901, quando, para a instituição psiquiátrica estadual em que servi como interno, foi trazido o homem cujo caso desde então tem me assombrado incessantemente. O nome dele, conforme consta nos registros, era Joe Slater, ou Slaader, e sua aparência era a de um habitante típico da região da montanha Catskill, um daqueles estranhos e repelentes descendentes de uma linhagem de camponeses coloniais primitivos, cujo isolamento por quase três séculos nas colinas de uma área do interior pouco visitada fez com que sua gente afundasse em uma espécie de degeneração bárbara, em vez de avançar como seus irmãos mais bem alocados dos distritos densamente povoados. Entre essas pessoas esquisitas, que se assemelham com exatidão ao elemento decadente chamado de "lixo branco" no Sul, a lei e a moral são inexistentes, e seu estado mental em geral é provavelmente inferior ao de qualquer outra seção do povo nativo americano.

Joe Slater, que veio para a instituição sob a custódia vigilante de quatro policiais estaduais e descrito como um personagem altamente perigoso, certamente não apresentou nenhuma evidência de sua disposição perigosa quando o vi pela primeira vez. Embora bem acima da estatura média e com uma estrutura um tanto musculosa, ele tinha uma aparência absurda de inofensiva estupidez no azul pálido e sonolento de seus pequenos olhos lacrimejantes, na escassez de sua barba amarela negligenciada e nunca raspada e na inclinação letárgica de seu pesado lábio inferior. Sua idade era desconhecida, uma vez que entre os de sua espécie não existem registros de família nem laços familiares permanentes; mas pela calvície à frente da cabeça e pela condição podre de seus dentes, o cirurgião-chefe o descreveu como um homem de cerca de quarenta anos.

Dos documentos médicos e legais, ficamos sabendo de tudo o que se poderia deduzir de seu caso: esse homem, um vagabundo, caçador e criador de animais, sempre fora estranho aos olhos de seus companheiros. Costumava dormir à noite além do tempo habitual e, ao acordar, falava de coisas desconhecidas de um modo tão bizarro que inspirava medo até mesmo no coração de uma população pouco criativa. Não que sua linguagem fosse incomum, pois ele nunca falava, exceto no dialeto degradado de seu ambiente; contudo, o tom e o teor de suas declarações eram de uma selvageria tão misteriosa que ninguém era capaz de ouvi-lo sem apreensão. Ele mesmo geralmente ficava tão apavorado e perplexo quanto seus ouvintes e, uma hora depois de acordar, esquecia tudo o que dissera, ou pelo menos tudo o que o levara a dizer tais coisas, retornando a seu estado bovino, a uma normalidade meio gentil, como a dos outros moradores das colinas.

À medida que Slater envelhecia, parecia que suas aberrações matutinas aumentavam gradualmente em frequência e violência, até que, cerca de um mês antes de sua chegada à instituição, ocorreu a tragédia chocante que causou sua prisão pelas autoridades.

Certo dia, perto do meio-dia, depois de um sono profundo causado por uma esbórnia de uísque por volta das cinco horas da tarde anterior, o homem acordou subitamente, com uivos tão horríveis e sobrenaturais que atraíram vários vizinhos à sua cabana — um chiqueiro imundo onde ele morava com uma família tão indescritível quanto ele. Correndo para a neve, ele jogou os braços para o alto e começou uma série de saltos no ar, anunciando aos berros sua determinação em alcançar uma "grande, grande cabana com brilho no teto, nas paredes e no chão, e a música estranha e alta a distância". Enquanto dois homens de tamanho considerável procuravam contê-lo, ele lutava com uma força insana e furiosa, exprimindo aos gritos seu desejo, sua necessidade, de encontrar e matar uma certa "coisa que brilha, se sacode e ri". Por fim, depois de derrubar temporariamente um de seus detentores com um golpe repentino, ele se atirou sobre o outro em um êxtase demoníaco sedento de sangue, gritando diabolicamente que "pularia muito alto no ar e queimaria tudo que tentasse pará-lo".

A família e os vizinhos agora fugiam em pânico e, quando os mais corajosos retornaram, Slater já partira, deixando para trás algo irreconhecível, parecendo um amontoado de carne, um homem vivo até apenas uma hora antes. Nenhum dos montanheses se atreveu a persegui-lo, e é provável que tivessem desejado que morresse de frio, mas quando, várias manhãs depois, ouviram seus gritos vindos de uma ravina distante, perceberam que ele conseguira sobreviver de alguma maneira e que sua remoção seria necessária, de uma forma ou de outra. Seguiu-se então uma equipe de busca armada, cujo propósito (qualquer que tenha sido originalmente) se tornou o mesmo de um destacamento de captura do xerife depois que um dos raramente populares policiais estaduais acidentalmente observou o que ocorria, questionou aquela gente e, por fim, juntou-se aos caçadores.

No terceiro dia, Slater foi encontrado inconsciente na cavidade de uma árvore e levado para a prisão mais próxima, onde psiquiatras de Albany o examinaram assim que ele recobrou os sentidos. Para eles, ele contou uma história simples. Disse que tinha ido dormir certa tarde por volta do pôr do sol, depois de beber muito. Acordou e se viu em pé na neve, com as mãos ensanguentadas, diante de sua cabana, o cadáver mutilado de seu vizinho Peter Slader a seus pés. Horrorizado, foi para a floresta em um esforço inútil de escapar da cena do que deveria ter sido seu crime. Além disso, parecia não saber de mais nada, tampouco a perícia de seus interrogadores foi capaz de revelar um único fato adicional.

Naquela noite, Slater dormiu tranquilamente e, na manhã seguinte, acordou sem nenhuma característica singular, exceto por uma singela alteração na expressão. O doutor Barnard, que observava o paciente, pensou ter notado nos olhos azuis-claros certo brilho peculiar e, nos lábios flácidos, uma tensão quase imperceptível, como a representação de uma determinação inteligível. Mas, quando questionado, Slater recaiu na habitual expressão vazia de montanhês e simplesmente reiterou o que dissera no dia anterior.

Na terceira manhã, ocorreu o primeiro dos ataques mentais do homem. Depois de uma determinada demonstração de inquietação durante o sono, ele explodiu em um frenesi tão poderoso que foram necessários os esforços combinados de quatro indivíduos para prendê-lo em uma camisa de força. Os psiquiatras ouviram com grande atenção as palavras de Slater, já que sua curiosidade se vira intensamente avivada pelas sugestivas histórias, embora conflitantes e incoerentes, da família e dos vizinhos do homem.

Slater delirou por mais de quinze minutos, balbuciando em seu dialeto matuto sobre edifícios de luz verde, oceanos de espaço, música estranha e montanhas e vales sombrios. Mas falou, principalmente, de uma entidade misteriosa flamejante que estremecia, gargalhava e zombava dele. Essa vasta e indefinida personalidade parecia lhe ter causado algum mal terrível, e era seu desejo supremo matá-la como uma espécie de vingança triunfante. Para conseguir isso, disse, avançaria através dos abismos do vazio, queimando todos os obstáculos que estivessem em seu caminho. Assim corria seu discurso, até que subitamente cessou.

O fogo da loucura se extinguiu de seus olhos e, estupefato, ele olhou para os inquiridores e perguntou por que estava preso. O doutor Barnard desafivelou o arreio de couro e não o restaurou até a noite, quando conseguiu persuadir Slater a vesti-lo por conta própria, para seu próprio bem. O homem agora admitia que, às vezes, falava de modo estranho, embora não soubesse o motivo.

Em uma semana, mais dois ataques se sucederam, mas os médicos aprenderam pouco com eles. Especularam longamente sobre a origem das visões de Slater, pois, como ele não sabia ler nem escrever e, aparentemente, nunca ouvira uma lenda ou conto de fadas, suas lindas imagens eram inexplicáveis. Que não poderiam vir de nenhum mito ou romance conhecido ficava especialmente claro pelo fato de que o infeliz lunático conseguia se expressar apenas com sua típica maneira simplória. Ele delirava com coisas que não entendia nem podia interpretar, coisas que alegava ter experimentado, mas que não poderia ter aprendido por meio de nenhuma narração normal ou relacionada. Os psiquiatras logo concordaram que seus sonhos incomuns eram a base do problema, sonhos cuja vivacidade poderia, por algum tempo, dominar completamente a mente desperta desse homem basicamente inferior. Com a devida formalidade, Slater foi julgado por assassinato, absolvido sob a alegação de insanidade e entregue à instituição em que eu ocupava um cargo tão humilde.

Eu disse que sou um especulador contumaz acerca da vida onírica, e a partir disso você pode julgar o entusiasmo com que me apliquei ao estudo do novo paciente assim que apurei completamente os fatos de seu caso. Ele parecia sentir certa simpatia por mim, nascida sem dúvida do interesse que eu não conseguia esconder, e da maneira gentil como o questionava. Não que ele tenha alguma vez me reconhecido durante seus ataques, quando eu me apegava ofegante a seus caóticos, mas cósmicos termos visuais; identificava-me, no entanto, em suas horas tranquilas, quando se sentava diante de sua janela com grades, tecendo cestos de palha e salgueiro, ansiando, talvez, pela liberdade na montanha da qual nunca mais poderia desfrutar. Sua família nunca se importou em visitá-lo; provavelmente encontrara outro chefe temporário, como é usual ao decadente povo da montanha.

Aos poucos, comecei a sentir uma irresistível fascinação pelas concepções malucas e fantásticas de Joe Slater. O homem em si era lamentavelmente inferior tanto em mentalidade como em linguagem; mas suas visões brilhantes e titânicas, embora descritas em um jargão bárbaro e desconexo, eram certamente coisas que apenas uma mente superior, ou mesmo excepcional, poderia conceber. Como, muitas vezes eu me perguntava, poderia a imaginação apática de um degenerado de Catskill evocar imagens cujo próprio domínio indicava uma centelha de gênio à espreita? Como poderia qualquer matuto tolo ter tido sequer um vislumbre daqueles reinos cintilantes de esplendor e espaço sobrenaturais sobre os quais Slater tagarelava em seu delírio furioso? Mais e mais eu tendia a acreditar que, na patética personalidade que se encolhia diante de mim, estava o núcleo desordenado de algo além da minha compreensão, algo infinitamente além da compreensão de meus colegas médicos e cientistas mais experientes, mas pouco criativos.

E, no entanto, não conseguia extrair nada definitivo do homem. A soma de toda a minha investigação foi que, em uma espécie de vida onírica semicorpórea, Slater vagava ou flutuava por vales resplandecentes e prodigiosos, pradarias, jardins, cidades e palácios de luz, em uma região ilimitada e desconhecida do homem; ali, ele não era nenhum camponês ou degenerado, e sim uma criatura importante e com uma vida brilhante, movendo-se com orgulho e autoridade, detido apenas por certo inimigo mortal, que parecia ser uma criatura de estrutura visível, porém etérea, e que não aparentava ter forma humana, uma vez que Slater nunca se referia a ele como um homem, ou como qualquer outro tipo de ser, e sim como uma coisa. Essa coisa causara a Slater algum horrendo e inominável mal, de que o maníaco (se é que era maníaco) ansiava por se vingar.

Pela maneira como Slater aludiu a seus procedimentos, julguei que ele e a coisa luminosa haviam se encontrado em termos semelhantes; que, em sua existência onírica, o próprio homem era uma coisa luminosa da mesma raça de seu inimigo. Essa impressão foi sustentada por suas frequentes referências a voar pelo espaço e queimar tudo o que impedia seu progresso. No entanto, essas concepções foram formuladas em palavras rudimentares, totalmente inadequadas para transmiti-las, circunstância que me levou à conclusão de que, se um mundo onírico realmente existisse, a linguagem oral não seria o meio de transmissão dos pensamentos.

Será que a alma onírica que habita esse corpo inferior estava lutando desesperadamente para falar coisas que a língua simples e hesitante da monotonia não conseguia pronunciar? Será que eu me encontrava diante de emanações intelectuais que explicariam o mistério, se pudesse simplesmente aprender a descobri-las e lê-las? Não contei sobre tais reflexões aos médicos mais velhos, pois a meia-idade é cética, cínica e tende a não aceitar novas ideias. Além disso, o chefe da instituição há pouco me advertira com seu jeito paternal de que eu estava trabalhando demais e que minha mente precisava de um descanso.

Há muito tempo eu vinha acreditando que o pensamento humano consiste basicamente em movimentos atômicos ou moleculares, transmutáveis em ondas etéreas ou energia radiante, como o calor, a luz e a eletricidade. Essa crença me levara muito cedo a contemplar a possibilidade de telepatia ou comunicação mental por meio de aparelhos adequados, e eu preparara, nos meus tempos de faculdade, um conjunto de instrumentos de transmissão e recepção de certa maneira similares aos pesados dispositivos empregados na telegrafia sem fio na grosseira era antes do advento do rádio. Testei-os com um colega, mas não obtive nenhum resultado e logo os empacotei com outras bugigangas científicas para possível uso futuro.

Agora, em meu desejo intenso de sondar a vida onírica de Joe Slater, procurei esses instrumentos novamente e passei vários dias os consertando para colocá-los em ação. Quando estavam novamente íntegros, não perdi a oportunidade de testá-los. A cada explosão de violência de Slater, eu regularia o transmissor em sua testa e o receptor na minha, fazendo constantes e delicados ajustes para diferentes comprimentos de onda hipotéticos de energia intelectual. Eu tinha pouca noção de como as impressões de pensamento iriam, se transmitidas com sucesso, despertar uma resposta inteligente em meu cérebro, mas tinha certeza de que poderia detectá-las e interpretá-las. Por isso, continuei meus experimentos, sem informar sua natureza a ninguém.

Foi no dia 21 de fevereiro de 1901 que tudo aconteceu. Ao olhar para trás, ao longo dos anos, percebo como aquilo parece irreal, e às vezes me pergunto se o velho doutor Fenton não estava certo quando atribuiu o que ocorrera à minha avivada imaginação. Lembro-me de que ele ouviu meu relato com grande gentileza e paciência, mas depois me receitou um calmante e providenciou minhas férias de meio de ano para a semana seguinte.

Naquela noite fatídica, fiquei descontroladamente agitado e perturbado, pois, apesar do excelente cuidado que recebia, Joe Slater estava inegavelmente morrendo. Talvez tenha sido a liberdade na montanha que ele perdera, ou a turbulência em seu cérebro tenha ficado aguçada demais para sua lentidão física; de qualquer modo, a chama da vitalidade brilhava muito pouco naquele corpo decadente. Encontrava-se sonolento perto do fim e, enquanto a escuridão recaía sobre ele, seu sono começou a se agitar.

Não amarrei a camisa de força como de costume enquanto

ele dormia, pois vi que estava fraco demais para ser perigoso, mesmo que acordasse com algum transtorno mental mais uma vez antes de falecer.

Mas coloquei sobre sua cabeça e sobre a minha as duas pontas do meu "rádio" cósmico, esperando desesperançado conseguir uma primeira e última mensagem do mundo onírico no breve tempo que me restava. Na cela conosco se encontrava um enfermeiro, um sujeito medíocre que não entendia o propósito do aparelho, tampouco pensava em questionar meu experimento. Com o passar das horas, vi a cabeça dele tombar de sono desajeitadamente, mas não o perturbei. Eu mesmo, embalado pela respiração ritmada tanto do homem saudável como do moribundo, devo ter cochilado pouco depois.

O som de uma esquisita música lírica foi o que me despertou.

Acordes, vibrações e êxtases harmônicos ecoavam violentamente para todos os lados enquanto, em minha visão arrebatada, explodia um espetáculo estupendo de beleza suprema. Paredes, colunas e arquitraves de fogo vivo resplandeciam ao redor do local onde eu parecia flutuar no ar, erguendo-se até uma cúpula abobadada infinitamente alta e de indescritível esplendor.

Misturada a essa exibição de magnificência palaciana, ou melhor, suplantando-a às vezes em uma rotação caleidoscópica, via-se vestígios de amplas planícies e vales graciosos, altas montanhas e grutas convidativas, imbuídas de todas as cativantes qualidades que meus encantados olhos poderiam conceber em uma paisagem, composta inteiramente de alguma entidade plástica etérea e brilhante que, em termos de consistência, pertencia tanto ao mundo espiritual como material. Enquanto eu olhava, percebi que meu próprio cérebro detinha a chave para essas metamorfoses encantadoras, pois cada vista que se apresentava diante de mim era aquela que minha mente mutante mais desejava contemplar.

Em meio a esse reino paradisíaco, eu não vivia como um estranho, pois cada visão e som eram-me familiares, assim como havia sido por incontáveis éons antes, e como seria por eternidades futuras.

Então, a aura resplandecente de meu irmão de luz se aproximou e manteve um colóquio comigo, alma a alma, com um intercâmbio silencioso e perfeito de pensamentos. Tratava-se de um momento próximo ao triunfo, pois afinal não estava meu semelhante escapando para sempre de uma escravidão periódica degradante e se preparando para seguir o opressor amaldiçoado até os campos mais remotos do éter, para que sobre ele pudesse ser operada uma vingança cósmica flamejante que abalaria as esferas celestes? Flutuamos assim por algum tempo, ao que percebi um leve borrão e desbotamento dos objetos ao nosso redor, como se alguma força me chamasse de volta à Terra — aonde eu menos desejava ir. A forma perto de mim também pareceu sentir determinada mudança, já que, aos poucos, trouxe seu discurso a uma conclusão, e preparava-se ela própria para sair de cena, desaparecendo de minha vista a um ritmo um pouco menos rápido do que o dos outros objetos. Mais alguns pensamentos foram trocados, e eu soube que o ser luminoso e eu estávamos sendo chamados ao cativeiro, embora fosse a última vez para meu irmão de luz. Estando quase exaurida sua triste casca planetária, em menos de uma hora meu companheiro estaria livre para perseguir o opressor ao longo da Via Láctea e passar pelas estrelas daqui até os confins do infinito.

Um choque bem definido separa minha impressão final da cena de luz desbotada do meu súbito e um tanto envergonhado despertar e, ao me endireitar na cadeira, vi a figura agonizante na maca se mover hesitantemente. Joe Slater estava realmente acordando, embora provavelmente pela última vez. Ao olhar mais de perto, vi que em suas faces pálidas brilhavam pontos coloridos que não existiam antes. Os lábios também pareciam atípicos, fortemente comprimidos, como se estivessem assim pela ação de um caráter mais forte do que o de Slater. O rosto inteiro finalmente começou a ficar tenso e a cabeça girou inquieta, com os olhos fechados.

Não acordei o enfermeiro adormecido, mas reajustei a faixa ligeiramente desarrumada de meu "rádio" telepático, com a intenção de captar qualquer mensagem de despedida que o sonhador pudesse querer me entregar. De repente, a cabeça virou bruscamente em minha direção e os olhos se abriram, fazendo com que eu olhasse com absoluta estupefação para o que presenciava. O homem que fora Joe Slater, o decadente ser de Catskill, contemplava-me com um par de olhos luminosos e crescentes, cujo azul parecia sutilmente mais profundo. Nem doença nem degeneração eram visíveis naquele olhar, e eu senti, sem sombra de dúvida, que via um rosto atrás do qual se encontrava uma mente ativa de alta ordem.

Nessa conjuntura, meu cérebro percebeu uma constante influência externa operando sobre ele. Fechei os olhos para concentrar meus pensamentos com mais profundidade e fui recompensado pela confirmação de que minha mensagem mental há muito procurada finalmente chegara. Cada ideia transmitida se formou rapidamente em minha mente e, ainda que nenhuma linguagem real fosse empregada, minha associação habitual de concepção e expressão era tão grande que parecia estar recebendo a mensagem em inglês comum.

— Joe Slater está morto — surgiu a voz aterrorizante de uma influência vindo além das muralhas do sono. Meus olhos abertos buscaram o leito de morte com curioso horror, mas os olhos azuis continuavam a contemplar calmamente, e o semblante ainda estava animado de maneira inteligente. — Ele está melhor morto, pois era incapaz de suportar o intelecto ativo da entidade cósmica. Seu corpo bruto não poderia passar pelos ajustes necessários entre a vida etérea e a vida no planeta. Ele era animalesco demais, um homem muito medíocre; no entanto, é por meio de sua deficiência que você me descobriu, pois, com toda razão, as almas cósmicas e planetárias nunca deveriam se encontrar. Ele tem sido meu tormento e prisão diurnos por quarenta e dois de seus anos terrestres.

— Sou uma entidade igual àquela em que você se torna na liberdade do sono sem sonhos. Sou seu irmão de luz e flutuei com você nos vales brilhantes. Não me é permitido dizer ao seu eu terrestre acordado sobre seu eu real, mas todos nós somos errantes de vastos espaços e viajantes em muitas eras. No ano que vem, posso estar morando no Egito que você chama de antigo, ou no império cruel de Tsan Chan que está por vir, daqui a três mil anos. Você e eu vagamos para os mundos que giram em torno do Arcturo Vermelho e habitamos no corpo dos filósofos insetívoros que rastejam orgulhosos sobre a quarta lua de Júpiter. Como a Terra conhece pouco de sua vida e extensão! Na verdade, sabe tão pouco para sua própria tranquilidade! Não posso falar do opressor. Vocês, na Terra, sem querer sentiram sua presença distante, sem saber deram à sua luz intermitente o nome de Algol[5], a Estrela Demônio. É para encontrar e vencer o opressor que lutei em vão por éons, contido por obstáculos físicos. Esta noite levarei a cabo, como uma nêmesis, uma vingança justa e terrivelmente cataclísmica. Observe-me no céu perto da Estrela Demônio.

— Não posso falar mais, pois o corpo de Joe Slater está ficando frio e rígido, e os miolos grosseiros estão parando de vibrar como eu desejo. Você tem sido meu único amigo neste planeta, a única alma a sentir e buscar por mim dentro da forma repelente que repousa nesta maca. Devemos nos encontrar novamente, talvez nas brumas brilhantes da Espada de Órion[6], talvez em um platô sombrio na Ásia pré-histórica, talvez em sonhos esquecidos desta noite, ou em outra forma um éon no futuro, quando o sistema solar terá sido destruído.

Nesse ponto, as ondas de pensamento cessaram abruptamente e os olhos claros do sonhador — ou posso dizer do morto? — começaram a apresentar um aspecto vidrado. Ainda meio letárgico, cruzei a maca e senti seu pulso, achando-o frio, rígido e sem batimento. As faces amareladas empalideceram novamente e os lábios grossos se abriram, revelando os repulsivos dentes podres do degenerado Joe Slater. Estremeci, puxei um cobertor sobre o rosto horrível e acordei o enfermeiro. Então, saí da cela e fui silenciosamente para o meu quarto. Tive um desejo instantâneo e inexplicável de um cochilo, de cujos sonhos não deveria me lembrar.

---

5 Algol, ou Beta Persei, é a segunda estrela mais brilhante da constelação de Perseus. Seu nome em árabe, *al-ghul*, significa "o demônio". (N. do T.)
6 Parte da constelação de Órion, composta de três estrelas (42 Orionis, Theta Orionis, e Iota Orionis) e da nebulosa de Orion, M42. (N. do T.)

O clímax? Que história simples da ciência pode se orgulhar de tal efeito retórico? Simplesmente declarei determinadas coisas que me interessam como fatos, permitindo que você as interprete como quiser. Como já admiti, meu superior, o velho doutor Fenton, nega a realidade de tudo que relatei. Ele jura que eu estava sofrendo de exaustão nervosa e precisava urgentemente de longas férias com salário integral, que ele tão generosamente me concedeu. Ele também me garante, por sua honra profissional, que Joe Slater era apenas um paranoico de baixo grau, cujas noções fantásticas devem ter vindo dos rudes contos folclóricos hereditários que circulavam mesmo nas comunidades mais decadentes. Tudo isso é o que ele me diz — mas não consigo esquecer o que vi no céu, na noite seguinte à morte de Slater. Para que você não pense que sou uma testemunha tendenciosa, outra caneta deve acrescentar este testemunho final, que talvez forneça o clímax que você espera. Citarei o seguinte relato literal da estrela Nova Persei, vindo das páginas daquela eminente autoridade astronômica, o professor Garrett P. Serviss:

"Em 22 de fevereiro de 1901, uma nova estrela magnífica foi descoberta pelo doutor Anderson, de Edimburgo, não muito longe de Algol. Nenhuma estrela estivera visível naquele ponto até então. Em vinte e quatro horas, a desconhecida se tornou tão brilhante que ofuscou Capella[7]. Em uma ou duas semanas, ela esmaeceu visivelmente e, no decorrer de alguns meses, tornou-se difícil de discernir a olho nu."

---

[7] Estrela mais brilhante da constelação de Auriga e sexta mais brilhante do céu terrestre. (N. do T.)

A ÁRVORE

Em uma encosta verdejante do monte Mênalo, na Arcádia, existe um olival ao redor das ruínas de um vilarejo. Nas proximidades, há uma tumba, outrora embelezada com as mais sublimes esculturas, mas agora tão deteriorada quanto as casas do local. Em uma das extremidades do túmulo, com as peculiares raízes deslocando os blocos de mármore pentélico[8] manchados pelo tempo, cresce uma oliveira atipicamente grande, e de aparência curiosamente repulsiva, assemelhando-se tanto à figura de um estranho homem ou, pior, de um cadáver contorcido pela morte, que a gente do lugar tem medo de passar por ela nas noites em que a Lua brilha fraca por entre seus galhos retorcidos. O monte Mênalo é um dos locais favoritos do temido Pã[9], com seus vários companheiros bizarros, e os pastores simples acreditam que a árvore deve ter algum hediondo parentesco com aqueles sátiros selvagens. Porém um velho apicultor, que vive em um casebre próximo, contou-me uma história diferente.

Há muitos anos, quando o vilarejo da encosta era novo e resplandecente, os escultores Kalos e Musides lá viviam. A beleza de suas obras era elogiada da Lídia à Neápolis, e ninguém ousava

---

8 Mármore da região do monte Pentélico, na Grécia. (N. do T.)
9 Pã, também conhecido como Sátiro, é um dos deuses mais antigos da mitologia grega. Considerado um deus rústico do campo, das pastagens e das florestas, é retratado como um ser metade homem, metade bode, com chifres e longa barba. (N. do T.)

dizer que um ou outro se destacava em habilidade. O Hermes de Kalos estava num santuário de mármore em Corinto, e a Palas de Musides coroava uma coluna em Atenas, perto do Partenon. Todos os homens prestavam homenagem a Kalos e Musides, e se maravilhavam por nenhuma sombra de ciúme criativo esmorecer a fraterna amizade que havia entre eles.

Embora Kalos e Musides estivessem sempre em perfeita harmonia, a natureza deles não era semelhante. Enquanto Musides desfrutava das noites entre os prazeres urbanos de Tégea, Kalos preferia ficar em casa, esquivando-se da vista de seus escravizados nos frescos recessos do olival. Ali, meditava sobre as visões que enchiam a sua mente e concebia as formas de beleza que mais tarde imortalizaria no vívido mármore. A gente ociosa, de fato, comentava que Kalos conversava com os espíritos do bosque e que suas estátuas eram simplesmente imagens dos faunos e das dríades que lá encontrava, já que nunca esculpia suas obras a partir de modelos vivos.

Tão famosos eram Kalos e Musides que ninguém se surpreendeu quando o tirano de Siracusa enviou representantes para lhes falar da custosa estátua de Tique que ele pretendia erguer em sua cidade. De grande tamanho e habilmente acabada haveria de ser a estátua, pois seu destino era se tornar a maravilha das nações e um objetivo dos viajantes. Exaltado sem limites imagináveis seria aquele cuja obra fosse escolhida, e Kalos e Musides foram convidados a competir por tal honra. O amor fraterno entre os artistas era bastante conhecido, e o astuto tirano supôs que, em vez de esconder o trabalho um do outro, eles ofereceriam ajuda e conselhos mútuos, produzindo, assim, duas imagens de beleza desconhecida, e a mais encantadora delas eclipsaria até mesmo os sonhos dos poetas.

Os escultores saudaram alegremente a oferta do tirano e, nos dias seguintes, seus escravizados ouviram os incessantes golpes dos cinzéis. Kalos e Musides não esconderam um do outro a obra que esculpiam, apesar de sua visão ser reservada somente aos dois. À exceção dos seus, nenhum olhar observava aquelas duas figuras divinas, libertadas por hábeis golpes dos rudes blocos que lhes aprisionavam as formas desde o início do mundo.

À noite, como antes, Musides frequentava os salões de banquete de Tégea, ao passo que Kalos passeava sozinho no olival. Mas, com o passar do tempo, as pessoas notaram certa ausência de alegria no antes radiante Musides. Comentavam ser estranho que tal melancolia abatesse alguém com grandes chances de conquistar a mais alta das honrarias artísticas.

Passaram-se muitos meses, mas a amarga expressão de Musides nada revelava da forte expectativa que aquela situação deveria suscitar.

Então, certo dia, Musides revelou que Kalos estava doente, fazendo com que ninguém mais se surpreendesse com sua tristeza, pois o apego entre os escultores era reconhecido por todos como profundo e sagrado. Em seguida, muita gente veio visitar Kalos, e todos realmente perceberam a palidez de seu rosto, embora o artista conservasse uma serena felicidade no semblante, que tornava seu olhar mais fascinante do que o de Musides, que se via claramente tomado pela ansiedade, afastando todos os escravizados no afã de alimentar e cuidar do amigo com as próprias mãos. Escondidas atrás de pesadas cortinas estavam as duas figuras inacabadas de Tique, ultimamente pouco tocadas pelo doente e por seu fiel cuidador.

À medida que Kalos inexplicavelmente enfraquecia mais e mais, apesar das atenções dos perplexos médicos e do dedicado amigo, ele pedia para ser levado para seu tão amado bosque com frequência. Ali, rogava que fosse deixado sozinho, como se desejasse conversar com seres invisíveis. Musides sempre atendia os desejos do amigo, embora seus olhos se enchessem de lágrimas ao considerar que Kalos se importava mais com os faunos e dríades do que com ele. Finalmente, o desfecho se aproximava, e Kalos começou a falar acerca de coisas do além-túmulo. Musides, chorando, prometeu-lhe uma tumba ainda mais encantadora do que a de Mausolo, mas Kalos pediu que não falasse mais de glórias de mármore. Apenas um desejo dominava a mente do moribundo: que alguns ramos de determinadas oliveiras do bosque fossem enterrados no seu local de repouso, próximo à sua cabeça. E, certa noite, sentado sozinho na escuridão do olival, Kalos faleceu. Indescritivelmente belo era o sepulcro de mármore que o aflito Musides esculpira para o querido amigo. Ninguém, a não ser o próprio Kalos, poderia ter feito tais baixos-relevos, em que se exibiam todos os esplendores dos Campos Elísios. Musides também não esqueceu de enterrar os ramos de oliveira perto da cabeça de Kalos.

Quando as primeiras dores de luto deram lugar à resignação, Musides passou a trabalhar diligentemente na sua figura de Tique. Agora, toda a honra seria sua, uma vez que o tirano de Siracusa queria que a obra fosse feita unicamente por Kalos ou ele.

A tarefa provou ser uma vazão às suas emoções, e ele trabalhava com mais ardor a cada dia, privando-se dos prazeres que antes apreciava. Entretanto, suas noites eram passadas junto à tumba do amigo, onde uma jovem oliveira brotara perto da cabeça do falecido. A árvore crescera tão rápido e sua forma era tão estranha que todos os que a viam exclamavam perplexos, ao passo que Musides parecia ao mesmo tempo fascinado e repelido por ela.

Três anos após a morte de Kalos, Musides enviou um mensageiro ao tirano, e correram rumores na ágora de Tégea de que a imponente estátua estava terminada. A essa altura, a árvore que brotara próximo ao túmulo atingira proporções surpreendentes, crescendo muito além das demais da espécie e estendendo um galho singularmente pesado sobre o recinto em que Musides trabalhava. Entrementes, como muitos visitantes vinham contemplar a árvore prodigiosa, e também admirar a arte do escultor, Musides quase nunca permanecia sozinho.

Mas ele não ligava para aquela multidão de visitantes; na verdade, agora que seu exaustivo trabalho terminara, parecia temer a solidão. O sombrio vento da montanha, suspirando através do olival e da árvore sepulcral, tinha a estranha aptidão de produzir sons vagamente articulados.

O céu estava escuro na noite em que os emissários do tirano chegaram a Tégea. Todos sabiam que vinham para levar a grande imagem de Tique e prestar honras eternas a Musides, por isso, os cidadãos foram extremamente hospitaleiros. Mas, durante a noite, uma violenta ventania desceu do pico do Mênalo, e os enviados da longínqua Siracusa ficaram muito felizes por estarem descansando confortavelmente no vilarejo. Falaram de seu ilustre tirano e do esplendor de sua capital. E exultaram a gloriosa estátua que Musides esculpira para ele. E, então, os homens de Tégea discorreram acerca da bondade de Musides e de seu profundo luto pelo amigo, dizendo que nem mesmo as honras vindouras da arte serviriam de consolo à ausência de Kalos, que poderia muito bem ter ostentado aquela coroa triunfal no lugar dele. Também mencionaram a árvore que crescera junto à tumba, próxima à cabeça de Kalos. O vento uivou ainda mais assustadoramente, e tanto siracusanos como arcádios oraram para Éolo.

À luz da manhã, os cidadãos levaram os mensageiros do tirano à casa do escultor, mas o vento noturno cometera atos muito estranhos.

Os gritos dos escravizados se elevavam em um cenário de desolação e, no olival, já não se viam as colunatas brilhantes daquele vasto salão onde Musides sonhava e trabalhava. Os humildes pátios e paredes, solitários e abalados, não se cansavam de lamentar, pois, sobre o suntuoso átrio, caíra o pesado galho que se estendia da jovem e estranha árvore, reduzindo da maneira mais curiosa aquele poema de mármore a uma pilha de horrorosas ruínas. Estrangeiros e tegeanos ficaram estupefatos, contemplando a catástrofe causada pela grande e sinistra árvore, cuja aparência era tão peculiarmente humana e cujas raízes se infiltravam tão estranhamente no túmulo esculpido de Kalos.

E seu medo e consternação aumentaram à medida que vasculhavam o salão em ruínas, pois não encontraram vestígio algum do gentil Musides e da estátua maravilhosamente cinzelada de Tique. Entre os formidáveis escombros só havia caos, e os representantes das duas cidades saíram decepcionados; os siracusanos por não ter estátua para levar para casa e os tegeanos, por lhes faltar um artista a quem coroar com louros. Os siracusanos, no entanto, obtiveram pouco tempo depois uma esplêndida estátua em Atenas, e os tegeanos se consolaram erguendo na ágora um templo de mármore comemorando os talentos, virtudes e o amor fraternal de Musides.

O olival ainda lá está, entretanto, assim como a árvore que cresce no túmulo de Kalos; e o velho apicultor me contou que, às vezes, os galhos sussurram uns aos outros, em noites de ventania, dizendo repetidamente:

— Ἰδά! Ἰδά! Eu sei! Eu sei!

Uma Reminiscência do Dr. Samuel Johnson

O Privilégio da Reminiscência[10], por mais digressivo ou cansativo que seja, é geralmente permitido aos mais velhos; na verdade, é frequentemente por meio de tais Memórias que as ocorrências obscuras da História e as menores Anedotas dos Grandes são transmitidas à Posteridade.

Embora muitos de meus leitores tenham, às vezes, observado e comentado um Tipo de Fluxo antigo em meu Estilo de Escrita, tive prazer de passar por Jovem aos Membros, alardeando a Ficção do ano, 1890, e do local em que nasci, nos Estados Unidos. Agora, no entanto, resolvi me livrar de um Segredo que até agora guardei com Medo da Incredulidade e transmitir ao Público um conhecimento verdadeiro de meus longos anos, a fim de gratificar seu gosto com informações autênticas dos famosos personagens de uma Era, com quem mantinha Relações de amizade. Que se saiba então que, na verdade, nasci na Propriedade da família em Devonshire, no dia 10 de agosto de 1690 (ou, no novo Calendário Gregoriano, no dia 20 de agosto), estando, portanto, agora com meus 228 anos. Tendo chegando cedo a Londres, vi quando Criança muitos dos célebres Homens do Reinado do Rei William, incluindo o lastimado Sr. Dryden, que se sentava frequentemente na casa de café Tables of Will[11]. Mais tarde, familiarizei-me com o Sr. Addison e o Dr. Swift, e me tornei um amigo ainda mais íntimo do Sr. Pope, a quem conheci e respeitei até o Dia de sua Morte. Mas, uma vez que é sobre meu Associado mais recente, o falecido Dr. Johnson,

---

10 Todas as palavras iniciadas por maiúsculas seguem a obra original. (N. do T.)
11 As personagens citadas pelo autor se referem a celebridades do fim do século 17 e início do 18, em diversas áreas científicas e artísticas. (N. do T.)

que desejo escrever neste momento, vou deixar minha Juventude de lado por um momento.

Minha primeira Informação acerca do Doutor ocorreu em maio de 1738, embora não o tenha conhecido naquela Época. O Sr. Pope tinha acabado de completar seu Epílogo às Sátiras (a Peça que se inicia por "não será Publicada mais do que Duas vezes a cada ano"), e tinha providenciado sua Edição. No mesmo dia em que ela apareceu, havia também saído uma Sátira em Imitação a Juvenal, intitulada "Londres", pelo então desconhecido Johnson; e isso atingiu de tal forma a Cidade, que muitos Cavalheiros de Bom Gosto declararam ser a Obra de um Poeta muito maior do que o Sr. Pope. Não obstante o que alguns Detratores disseram sobre o ciúme mesquinho do Sr. Pope, ele não economizou elogios aos Versos de seu novo Rival e, tendo sabido por intermédio do Sr. Richardson quem era o Poeta, disse-me, "que o Sr. Johnson logo seria desencorajado".

Eu não travei nenhum Conhecimento pessoal com o Doutor até 1763, quando fui apresentado a ele na Taverna Mitre pelo Sr. James Boswell, um jovem Escocês de excelente Família e grande Instrução, mas de pequena Inteligência, cujas Efusões métricas eu por vezes revisava.

O Dr. Johnson, conforme observei, era um Homem obeso e corpulento, muito malvestido e de Aspecto desleixado. Lembro-me de que ele usava uma espessa Peruca, desamarrada e sem Pó, muito pequena para sua Cabeça. As roupas tinham um colorido marrom enferrujado, eram extremamente enrugadas e com mais de um Botão faltando. Seu Rosto, muito grande para ser bonito, estava igualmente desfigurado pelos Efeitos de alguma Desordem linfática, e a Cabeça girava constantemente, de maneira convulsiva. Dessa Enfermidade, na verdade, eu já soubera, tendo ouvido falar dele pelo Sr. Pope, que se apoderou do Problema para fazer Investigações particulares.

A BUSCA POR KADATH

Tendo eu quase setenta e três anos, dezenove Anos mais velho do que o Dr. Johnson (eu digo Doutor apesar de seu Título não ter sido reconhecido até dois Anos depois), naturalmente esperava que ele tivesse alguma Consideração pela minha Idade e, portanto, não senti Medo dele, como outros confessaram sentir. Ao lhe perguntar o que achava de minha Nota favorável de seu Dicionário no *Londoner*, meu Jornal periódico, ele me disse: "Meu Senhor, não tenho Lembrança de ter lido seu Jornal, e não tenho grande Interesse nas Opiniões das Porções da Humanidade menos pensantes". Tendo ficado mais do que um pouco irritado com a Incivilidade de alguém cuja Celebridade me facilitou sua Aprovação, aventurei-me a retaliar na mesma moeda, e lhe disse que ficava surpreso que um Homem de Bom Senso julgaria a Opinião de alguém cujos Textos ele admitia nunca ter lido. "Ora, meu Senhor", respondeu Johnson, "não preciso me familiarizar com os Escritos de um Homem para avaliar a Superficialidade de suas Realizações, quando ele claramente as distorce em sua Ânsia de mencionar as próprias Produções na primeira Questão que me fez". Tendo assim nos tornado Amigos, conversamos sobre muitos Assuntos. Quando, para concordar com ele, disse que não confiava na Autenticidade dos Poemas de Ossian, o Sr. Johnson disse: "Isso, Senhor, não confere Crédito à sua Compreensão particular; pois o que sensibilizou toda a Cidade não é uma grande Descoberta para um crítico da rua Grub[12] fazer. Poderia igualmente afirmar ter uma forte suspeita de que Milton escreveu *Paraíso Perdido*!".

Mais tarde, comecei a ver Johnson com muita frequência, na maioria das vezes nas reuniões do CLUBE LITERÁRIO, fundado no ano seguinte pelo Doutor, com o Sr. Burke, o Orador parlamentar, o Sr. Beauclerk, um Cavalheiro da Moda, o Sr. Langton, um Homem piedoso e Capitão da Milícia, Sir J. Reynolds, o pintor

---

12 Rua de Londres que, até o século XIX, concentrava escritores de baixa qualidade, aspirantes a poetas e livreiros e editoras baratos. (N. do T.)

amplamente conhecido, o Dr. Goldsmith, o Escritor de prosa e poesia, o Dr. Nugent, sogro do Sr. Burke, Sir John Hawkins, o Sr. Anthony Charmier e eu. Geralmente, nós nos reuníamos às sete horas da Noite, uma vez por Semana, no Turk's-Head, na rua Gerrard, no bairro do Soho, até que aquela Taverna fosse vendida e transformada em uma Residência privada; após esse Ocorrido, movemos nossos Encontros sucessivamente para o Prince's, na rua Sackville, o Le Tellier's, na rua Dover, o Parsloe's e o The Thatched House, ambos na rua St. James. Nessas Reuniões, preservamos um notável Grau de Amizade e Tranquilidade, que contrasta muito favoravelmente com algumas das Divergências e Rupturas que observo nas Associações de Imprensa literárias amadoras de hoje. Esta Tranquilidade era ainda mais notável por termos entre nós Senhores de Opiniões muito opostas. O Dr. Johnson e eu, assim como muitos outros, éramos ferrenhos Conservadores, ao passo que o Sr. Burke era Liberal e contra a Guerra Americana, sendo que muitos de seus Discursos acerca desse Assunto haviam sido amplamente publicados. O Membro menos amigável era um dos Fundadores, Sir John Hawkins, que, até então, havia escrito muitas representações errôneas de nossa Sociedade. Sir John, um excêntrico Colega, certa vez se recusou a pagar sua parte na Divisão da Ceia, por ser seu Hábito em Casa não comer mais nada depois do Jantar. Mais tarde, ele insultou o Sr. Burke de uma Maneira tão intolerável, que todos nós tomamos suas Dores para mostrar nossa Desaprovação; depois desse Incidente, ele não veio mais às nossas Reuniões. No entanto, ele nunca brigou abertamente com o Doutor, e foi o Executor de seu Testamento, embora o Sr. Boswell e outros tenham Motivos para questionar a autenticidade de seu Anexo. Outros Membros posteriores do CLUBE foram o Sr. David Garrick, o Ator e antigo Amigo do Dr. Johnson, os Messieurs Thomas e Joseph Warton, o Dr. Adam Smith, o Dr. Percy, Autor das *Relíquias*, o Sr. Edward Gibbon, o Historiador, o Dr. Burney, o Músico, o Sr. Malone, o Crítico, e o Sr. Boswell. O Sr. Garrick obteve sua Admissão com grande Dificuldade, pois o Doutor, não obstante sua grande Amizade, estava para sempre pronto a condenar o Palco e todas as Coisas a ele relacionadas. Johnson, de fato, tinha o estranhíssimo Hábito de falar por Davy quando os outros estavam contra ele, e de argumentar contra ele, quando os outros eram a seu favor. Não tenho dúvidas de que amava sinceramente o Sr. Garrick, pois nunca se referia a ele como fazia com Foote, que era um colega muito grosseiro, apesar de sua Personalidade cômica. O Sr. Gibbon não era muito apreciado, pois tinha Modos odiosos e desdenhosos que ofendiam até mesmo aqueles de nós que mais admiravam seus Escritos históricos. O Sr. Goldsmith, um Homenzinho muito vaidoso de suas Vestes e muito deficiente no Brilho da Conversação, era meu Favorito particular, já que era igualmente incapaz de brilhar no Discurso. Ele tinha muito ciúme do Dr. Johnson, embora gostasse dele e o respeitasse. Lembro-me de que, certa vez, um Estrangeiro, acredito que se tratava de um Alemão, esteve em nossa Companhia e que, enquanto Goldsmith falava, ele notou que o Doutor se preparava para dizer algo. Inconscientemente olhando para Goldsmith como um mero Estorvo quando comparado ao Homem maior, o Estrangeiro o interrompeu sem rodeios e deu vazão à sua contumaz Hostilidade, gritando: — Shhh, o *Toutor Shonson* vai falar!

Nessa iluminada Companhia, fui tolerado mais por causa de meus Anos do que por minha Inteligência ou Instrução, não sendo Igual a meus pares. Minha Amizade pelo célebre Monsieur Voltaire sempre foi uma Causa de Aborrecimento ao Médico, que era profundamente ortodoxo, e que costumava dizer acerca do Filósofo Francês: — *Vir est acerrimi Ingenii et paucarum Literarum*[13].

O Sr. Boswell, um provocativo Colega que eu conhecera algum tempo antes, costumava fazer Troça das minhas Maneiras desajeitadas

---

13 "É um homem de intelecto muitíssimo ativo e de pouquíssimas letras", em latim. (N. do T.)

e de minhas Perucas e Roupas antiquadas. Certa vez, piorando um pouco em virtude do Vinho (ao qual se viciara), se esforçou para me ridicularizar por meio de um Improviso em verso, escrito na Superfície da Mesa, mas, sem a Ajuda de que normalmente dispunha em sua Composição, cometeu um Lapso gramatical. Disse-lhe que não deveria tentar falsificar a Fonte de sua Poesia. Em outro Momento, Bozzy (como costumávamos chamá-lo) reclamou de minha Severidade para com novos Escritores nos Artigos que eu preparava para o *The Monthly Review*. Disse que eu empurrava todos os Aspirantes para além das Encostas do Parnaso. — Meu Senhor — eu respondi — está enganado. Aqueles que perdem seu Chão, fazem-no por Falta de Força e, desejando esconder sua Fraqueza, atribuem a Ausência de Sucesso ao primeiro crítico que os menciona. — Fico feliz em lembrar que o Dr. Johnson me apoiou nessa Questão.

O Dr. Johnson era o próximo Homem em Sofrimento a ser considerado para revisar os Versos ruins dos outros; na verdade, dizem que no livro da pobre e velha cega Sra. Williams, não há duas frases contínuas que não sejam do Doutor. Certa vez, Johnson recitou para mim algumas linhas do *Servo do Duque de Leeds* que o divertiram tanto, que acabou as sabendo de Cor. Fazem parte do Casamento do Duque e se parecem tanto em Qualidade Poética com o trabalho de outro autor Embotado mais recente, que não posso deixar de copiá-los:

> "QUANDO O DUQUE DE LEEDS SE CASASSE,
> SERIA COM UMA JOVEM DE ALTA QUALIDADE
> TALVEZ MUITO FELIZ ESSA SENHORITA FICASSE
> JUNTO À GRAÇA DE LEEDS E MUITA ADVERSIDADE."

Perguntei ao Doutor se ele já havia tentado achar Sentido nessa Peça e, diante de sua resposta negativa, eu mesmo sugeri a seguinte Alteração:

> "QUANDO O GALANTE LEEDS SE CASAR
> COM A BELA VIRTUOSA, EM VELHA LINHAGEM CRIADA,
> COMO A DONZELA HÁ DE SE ALEGRAR
> POR SER ENTÃO A TÃO GRANDE MARIDO ALIADA!

Ao mostrar esses versos ao Dr. Johnson, ele disse: — Meu Senhor, você endireitou os Pés, mas falta Cabeça e Poesia a essas Linhas.

Teria muita Gratidão em contar mais de minhas Experiências com o Dr. Johnson e seu círculo de Sábios, mas sou um Homem velho e me canso facilmente. Pareço divagar sem muita Lógica ou Continuidade quando me esforço para relembrar o Passado, e temo lançar luz a alguns Incidentes que outros não discutiram antes. Se minhas Lembranças atuais se aliassem à Disposição, eu poderia mais tarde registrar algumas outras Anedotas dos velhos Tempos, dos quais sou o único Sobrevivente. Lembro-me de muitas coisas de Sam Johnson e de seu Clube, tendo mantido minha condição de Membro por muito Tempo depois da Morte do Doutor, fato que lamento com toda a sinceridade. Recordo-me de como o advogado John Burgoyne, o General, cujas Obras Dramáticas e Poéticas foram impressas após sua Morte, foi rejeitado por três Votos, provavelmente por causa de sua infeliz Derrota na Guerra Americana, em Saratoga. Pobre John! Seu Filho se saiu melhor, acredito eu, e foi promovido a Baronete. Mas estou muito cansado. Estou velho, muito velho, e é Hora da minha soneca da Tarde.

Impressão e Acabamento
Gráfica Oceano